Author
妹尾尻尾

Illust.
ちるまくろ

JN043426

美醜逆転世界のクレリック

—美醜逆転世界のクレリック—

~美醜と貞操観念が逆転した異世界で僧侶になりました。淫欲の呪いを解くためにハーレムパーティで「儀式」します~

CONTENTS

プロローグ　美醜逆転世界でハーレムができました。　010
第一話　ゴブリンおじいちゃん師匠との生活。　013
第二話　はじめての、異世界。　024
第三話　エルフの私は醜女《しこめ》である。　033
第四話　美少女エルフのパーティに入る。　039
第五話　醜女のエルフはナメクジになりたい。　063
第六話　爆乳エルフに全裸で土下座される。　071
第七話　女性とセックスするのがお仕事です。　084
第八話　淫乱処女ビッチ色白爆乳エルフと童貞卒業エッチ。　094
第九話　どこでもえっち♡　130
第十話　変態ドM触手鎧ボーイッシュ少女、アーシア・デデスキ。　152
第十一話　美男局《つつもたせ》ではないです。修羅場です。　169
第十二話　ボクの処女も卒業させてくださいっ!　175
第十三話　レイプ願望持ちグラビア体型ボーイッシュ美少女を望むままに犯してあげる。　199
第十四話　美少女二人と迎える朝。　216
第十五話　いきなり!　ダンジョン第一〇〇層。　223
第十六話　喧嘩をやめて。三人をとめて。俺のために争わないで。　239
第十七話　変態のじゃロリ爆乳美少女、ロジーナ・ロジー。　255
第十八話　身長一三〇.二センチ、バスト一六〇.五センチ。　280
エピローグ　これからも、逆転異世界ライフ。　327

30歳童貞の俺は、異世界転生をしたら、
美少女ハーレムパーティ唯一の男として、
彼女たちの儀式する役割を
担っているのだった――!!
「あっ♡　ああっ♡　あんっ♡
マコト様ぁ♡　好きっ、好きっ♡
好きですぅ♡」
目も眩むほどの美貌をもった
エルフが、その細い身体に
取ってつけたような巨乳を
ぷるんぷるんと揺らしながら、
俺の上で喘いでいる。
「んあっ♡　ご主人様っ♡　ご主人様っ♡
ボク、気持ちいいよぉ♡
気持ちいいよぉ♡　すきっ♡
しゅきっ♡　だいしゅきぃっ♡♡――」
俺は、グラビアモデル体型の
ショート茶髪スポーツ系美少女を、
後背位《バック》で犯していた。

アーシア・デテ
種族●ヒューム（人間）
貴族の五女だったが、容姿が
ため10歳の時に家族に捨て
た。行きついた先は冒険者ギルド
そこでルルゥと出会いパーティを
む。S級冒険者で喧嘩っ早く、陰口を
叩く奴はぶん殴ってわからせる。
「マコト様は――マコト様は――」
「――――――」
「――――――ブス専、ですの？」
「だからその……
女のボクがお願いするのは
恥ずかしいんですが……」
「ボクのこと……レイプ♥
してください……♥」
ロジーナ・ロジー
種族●ドワーフ
見た目は幼く見えるが実年齢は500歳を超える。当代随一の魔法の使い手で大賢者。老年のゴブリンの姿に変身しており、人里離れた山の中で生活している。
「お主の童貞は！
お主の童貞はぁ！」
「ワシがいただくはずだったんじゃ
ああああああああ
ああああああああああああ!!!!」

マコト♡　マコト♡
ワシの実り過ぎたいやらしいおっぱい♡
マコトの手で楽しんでおくれ♡
マコトのおちんぽで♡
たくさん使っておくれ♡」
真っ裸のロリ爆乳美少女が、
俺を見上げながら、
自分の豊満な胸を持ち上げた。

人物紹介

「おっぱいは大きい方が好きです」

マコト・チェネレプレイト

種族●ヒューム（人間）

異世界に転生してきた現代日本人。童貞。0歳だったが、転生したら17歳くらいに若返っていた。転生し半年間、小さな緑色のモンスター・イーダ師匠のもとで修行する。冒険者ギルドにおいて世界で数少ない僧侶となる。

ルルゥ・ワイルズ・ワードリット

種族●エルフ

この世界では『醜女』と認識されているエルフ女性の冒険者。徹底的に自分に自信がなく、コミュ症だが、S級冒険者として国の中でも最も戦闘能力が高い人物。S級ランクパーティの一員。

ダッシュエックス文庫

美醜逆転世界のクレリック

~美醜と貞操観念が逆転した異世界で僧侶になりました。
淫欲の呪いを解くためにハーレムパーティで『儀式』します~

妹尾尻尾

「あっ♡　ああっ♡　あんっ♡　マコト様ぁ♡　好きっ、好きっ♡　好きですぅ♡」

　目も眩《くら》むほどの美貌をもったエルフが、その細い身体に取ってつけたような巨乳をぶるんぶるんと揺らしながら、俺の上で喘《あえ》いでいる。

　まるで女神のような彼女は、金色のきらめく長い髪を揺らしながら、瞳をらんらんと輝かせて、俺を犯していた。

「気持ちいいですかっ？　気持ちいいですかっ？　私のあそこ、気持ちいいですかっ？　もっと気持ちよくしてあげますからねっ♡　マコト様の立派なおちんぽもっ、マコト様の精液もっ、私がぜんぶ搾《しぼ》り取って気持ちよくしてあげますからねっ♡」


　五分後。

　俺は、グラビアモデル体型のショート茶髪スポーツ系美少女を、後背位《バック》で犯していた。

「んあっ♡　ご主人様っ♡　ご主人様っ♡　ボク、気持ちいいよぉ♡　気持ちいいよぉ♡　すきっ♡　しゅきっ♡　だいしゅきぃっ♡♡　ご主人様だいしゅきっ♡　ご主人様のおちんちんもしゅきっ♡　ご主人様のおちんちんでアソコをガンガン犯されるの、だいしゅきぃ♡♡」

この健康的な長身スリム巨乳美女はドMなのだ。だからこうして、手錠と足枷《あしかせ》をして好き勝手にレイプしてあげるのが正しい作法なのだった。

そのさらに五分後――。

「マコト♡　マコト♡　ワシの実り過ぎたいやらしいおっぱい♡　マコトの手で楽しんでおくれ♡　マコトのおちんぽで♡　たくさん使っておくれ♡」

真っ裸のロリ爆乳美少女が、俺を見上げながら、自分の豊満な胸を持ち上げた。

身長は一三〇センチくらいの背丈《せたけ》しかないのに、バストは一六〇センチを超える。身長より胸囲がデカいという、規格外の超ロリ爆乳だ。

俺の身長は一七二センチなので、四〇センチほどの差がある。それくらいの身長差になると、女の子はもう立ったままでもおっぱいに挟むことができる。このロリ美少女は自分の爆乳を嫌っていたが、いまはとても誇らしく思っているらしい。その要因の一つになれて、俺はとても嬉しい――と、母乳で滑りが良くなった乳房《ちぶさ》で陰茎《いんけい》をシゴかれながら思う。

「うおっ……出る、出ますっ……！」

「はい♡　マコト様っ♡　私の膣内《なか》に、たっぷり射精してくださいっ♡」

「いやっ♡　だめぇっ♡　妊娠しちゃうからぁ♡　膣内《なか》はだめぇぇぇ♡」

「んにゃあっ♡　マコトの子種汁っ♡　ワシの赤子袋にたくさん注いでほしいのじゃあ♡」

どびゅるるるるる――――っ！　びゅるるるるるるる――――っ！　どくどくんっ――！

三人それぞれに射精した。

美少女エルフと、ボクっ娘美少女《コ》と、ロリ爆乳美少女と、セックスしている。

朝から晩まで、セックスしている。

非モテだった俺は、太陽が二つあるこの異世界でなぜかめちゃくちゃモテるようになり、美少女ハーレムパーティ唯一の男として、彼女たちと儀式《セックス》する役割を担《にな》っているのだった。

第一話　ゴブリンおじいちゃん師匠との生活。

三十歳の誕生日だった。

童貞だった。

彼女はいたことがあったけど、三日で別れてしまった。キスすらしたことない。

上野《うえの》の外れにある有名な街の、きらびやかな建物に入った。

そこは綺麗に取り繕《つくろ》ってはいるものの、実はけっこうボロボロだ。歴史があるのだ。いやそれ以上に、ろくに修繕する費用もないらしいのだが。

風俗店である。

俗にいう、高級店だ。

俺はそこに、一〇万円を握りしめて訪れた。一カ月かけて選んだ風俗嬢に、一週間前から予約をして、今日ようやくやってきた。

やっと、ようやく、童貞を卒業するのだ。

建物の前から一歩も離れない――客引きは厳重に禁止されているらしい――黒服スタッフに

導かれ、受け付けを済ませ、緊張で爆発しそうな心臓の鼓動を聞きながら、待合室で深呼吸すること数十回。
名前が呼ばれた。
番号だったかもしれない。
どっちでもいい。どっちだったかわからないくらい緊張していた。とにかく呼ばれた。俺はテーブルに足をぶつけながら立ち上がり、
部屋を出て、
階段の下まで通され、
「ごゆっくりお楽しみくださいませ」
黒服のスタッフにお辞儀され、
顔を上げて、
上で俺を待つ女性――あみちゃんを見て、
階段を登った。

で、足を踏み外した。

☆

次に気が付いたら、俺はなぜか草むらの上にいた。仰向《あおむ》けに寝転がっている。空が青い。

「…………え？」

あみちゃんはどこ？

ていうか、ここはどこ？

寝転がったまま顔を横に向けてみる。

草も木もなんだか変だ。見たこともない形をしている。風が運んでくる匂《にお》いもどこかおかしい。臭《くさ》いのではなく、逆に――美味《おい》しい？

空気が美味しいとはよく聞くけれど、実感したことはなかった。でもそんなレベルの話じゃない気がする。呼吸をすればするほど、身体が喜ぶというか、力が漲《みなぎ》ってくるような感覚がある。

顔の向きを戻して、もう一度空を仰いでみた。

太陽が二つあった。

——あるぇ……？

これ、ひょっとして————死んだか？

階段を踏み外して落ちて死んだか？

風俗店で童貞を捨てようとして死んだのか？

で、死後の世界に来たのか？　天国なのか？

あるいは——異世界、とか？

「ほう……？」

いま喋《しゃべ》ったのは俺じゃない。草むらに寝転がる俺の頭の上から声がした。影ができる。誰かが覗《のぞ》き込んだ。

緑色の、小さなモンスターだった。

「うわあっ⁉」

慌《あわ》てて飛び起きる。尻もちをついたまま後ずさる。

子供くらいの背丈《せたけ》の、緑色の肌をした老人だった。耳がとがっている。顔が皺《しわ》だらけだ。焦《こ》げ茶色のローブを着ている。

ゴブリンじゃない。年老いたエルフかドワーフみたいだ。アニメでしか見たことないが。

いや、もっと似たようなのがいる。スターウ〇ーズのヨ〇ダだ。「フ〇ースを信じるのじゃ」とか言いそう。

「お主《ぬし》……別の星の者か」

声まで似てる。そう、昔のササエさんの並平《なみへい》みたいな……。ガソダムのオープニングナレーションみたいな……。きみは、生き延びることが、できるか……。

三十歳の誕生日に童貞を捨てようと高級風俗店へ行ったら階段から落ちて、気付いたら異世界にいて、目の前にはヨ◯ダ。

悪夢かな？

「男じゃな？」

ヨ◯ダが尋《たず》ねる。俺はわけもわからないまま頷《うなず》く。

「童貞か？」

「は？」

なぜ死んでまで童貞か否《いな》かを訊《き》かれなければならないのか。そうとも俺は童貞だ。三十にもなってまだ童貞だ。けど、童貞は童貞だがちょうど捨てるところだったんだよ！　悪いか！

俺の無言の反論を肯定《こうてい》と受け取ったのか、

「なぁるほど」

緑色の老人が、にんまりと笑った。

なぜか、背筋がぞくっとした。

このグリーンモンスターに喰われるんだと思った。

☆

それから半年間、俺はこのグリーンモンスターと生活を共にした。

喰われるわけじゃなかった。

むしろ保護してもらった。

養ってもらった。

今にしてみればありがたいと思う。

老人はイーダというらしい。名前までそっくりだ。名のある賢者らしいのだが、いまは人界を離れて山奥で魔術の研究をしているという。隠居ともいう。

イーダ師匠に色々と訊いた。この世界のこととか。

やっぱり異世界だった。まぁ太陽が二つあるしね。グリーンな賢者もいるしね。

俺の身体は若返っていた。十七歳くらいだろうか。中途半端だ。異世界転生ってふつう、赤ん坊になるんじゃないのかなぁ。俺が見てたアニメはそうだったんだけど。まあいいか。

「師匠ー。メシ、できましたよー」

夜。

月の明かりが差す洞窟の入り口で、俺は鍋を掻き回しながら、奥にいる師匠を呼んだ。

火は魔石と魔術で熾《おこ》す。

キャンプなんてやったこともなかったが、師匠が一から教えてくれた。

若返った身体はやけに軽いし、ちょっとチートっぽい異能《スキル》も身に付けてたので、異世界の、それも野外で生活するにも支障はない。

「うむ」

ヨボヨボとした足取りで師匠が出てくる。足取りは老人のそれだが、この爺《じい》ちゃんはひたすら身軽なので騙《だま》されてはいけない。

軽く三〇メートルくらいは平気でジャンプするし、山のようにデカい蜘蛛《くも》だって余裕で倒せるし、『人界無双』（「人の世で右に並ぶ者なし」の意）と呼ばれるほどの最強賢者なのだ。

仙人であり、魔術師であり、超人なのだ。

さすが見た目がヨ〇ダだけある。

馬鹿にしちゃいけない。

「あっ」

びたーん。

小さい老人が自分のローブの裾《すそ》を踏んでコケた。顔から行った。

立ち上がる。泣きそう。ていうか泣いてる。べそかいてる。

ちょー強いのに意外とポンコツなんだよな……この師匠……。

「だ、大丈夫っすか……？」

「へ、平気じゃもん……。痛くないもん……」

強がりだった。どこに出しても恥ずかしくないくらい理想的な強がりだった。

これがグリーンモンスターじゃなくて、のじゃロリだったら可愛いんだけどなぁ、などと思ってしまう。

お爺《じい》ちゃんはごしごしと目を擦《こす》りながら、こほんと咳払《せきばら》いをして、鍋の前に座った。

「ふむ。良い香りじゃの」

今日は大猪《おおいのしし》の鍋である。師匠のお気に入りだ。イーダ師匠は俺から受け取った皿を手にして、スープを口にする。

「美味《うま》い！」

「あざっす」

「上達したのう、マコト」

「あざっす」

それから、俺の背後に置いてあるスープの材料――一〇メートルくらいのでけぇ大猪の死骸を見て、

「狩りも見事じゃ」

「あざっす」

研究の助手をしながら、狩りのやり方も覚えた。だから『師匠』なのだ。

転生者たるもの、モンスターの一つも狩ってこそである。この半年間で、だいぶこの世界にも順応したと自負する。

まぁ、都会には行ったことないけど。

ていうか、師匠以外と喋ったことないけど。

うーん……女性と会いたい……。いやせめて人間と会いたい……。童貞を捨てようと思ったのに……。

あんな場所で死んだからか、俺の性欲は生前より遥《はる》かに増している。いや、肉体が若返ったせいもあるかもしれない。

えっちしてみたいなぁ。

セックスしてみたいなぁ。

あみちゃん（高級風俗嬢）に会いたかったなぁ。

でも師匠に「人界に降りるのはまだ早い」って言われてるんだよなぁ。

師匠の言うことは守りたいと思う。このお爺ちゃんには恩がある。このひと（？）がいなければ俺は野垂れ死んでいただろう。

自慢の『チート』能力も、師匠から使い方を教わったようなものだからな。もしこのお爺ちゃんがいなければ、俺は能力を使いこなせず、自滅して死んでただろう。転生↓即死だっただろう。

それくらい強力かつ微妙なものなのだが――まあこれ《チート》についてはおいおい説明することにする。

とにかく、師匠には感謝している。このお爺ちゃんの許しが出ないうちは我慢するしかあるまい。それに、モンスターを狩るの面白いしね。

変なところで律義《りちぎ》な自分の性格を呪うばかりである。死んでも治らないもんだな。

と、スープを飲みながら考えていたら、

「このサイズの大猪をこの精度で狩れるのであれば――お主に任せても良いかもしれんのう」

師匠はローブから手紙を取り出し、俺に手渡した。

「人界がヤバいらしい。お主、ちょっと行って、世界を救ってこい」

唐突に、その時が来たらしかった。

人界、つまり山を下りた下界。

人がいる。

女もいるはず。

街があるなら娼館だってあるのでは!?

これでやっと――！

「童貞は捨てるなよ」

なんでやねん。

グリーンなお爺ちゃんに言われるその冗談は、とても心臓に悪かった。

そして――それが冗談じゃなく掛け値なしの本気で言われているなど、そのときの俺にはまるでわからないのであった。

第二話　はじめての、異世界。

「申し訳ありませんでした…………………………………」

全裸の美女が土下座している。

長い金髪が床に散らばり、白く薄い背中には背骨がくっきりと見えて、きゅっとくびれた腰から太い骨盤まで綺麗なS字を描いたラインが美しいお尻の下に、爪先《つまさき》の丸まった足の裏が見える。

それはそれは綺麗な土下座だった。

とても綺麗なエルフの、とても綺麗な全裸土下座だった。

なお俺は慌《あわ》てふためいている。

なぜこんなことになってしまったのか——俺は今日の出来事を思い出した。

☆

師匠から「人界を救ってこい」と命じられた、翌日。

スナーヴィ大陸西部・ルニヴーファ王国。

その一つの都市『トスエスガ』に、俺はやってきた。

棲《す》み処《か》の洞窟からはかなりの距離があるが、一日でやってきた。師匠が『転移結晶』というテレポートアイテムをくれたのだ。魔法バンザイ。一回使ったら壊れたけど。

「ここが街かー」

外壁の正門を通って、街の入り口でぼんやりと呟《つぶや》く。

予定では、まずは冒険者ギルドへ行くことになっている。そこで師匠の手紙を渡して、冒険者登録をして、依頼《クエスト》をこなして、なんかヤバいことになってるらしい人界——文字通り、人の住む『世界』を救う。

ようやく異世界モノっぽくなってきたなぁ、と内心で喜びながら、俺は街を歩く。ギルドを探すついでに観光もしちゃおう。

中世ヨーロッパ風ファンタジー世界の、フィクションでよく見た街並みが広がっていた。レンガ敷きの道に、レンガ造りの家々。井戸やら、露店やら。アニメで見たような光景だ。

そう、マンガやアニメでしか見たことのなかった夢の異世界である。歩いているだけで楽しい。

なにせ、あちこちで魔法が使われているのだ。

どうやらこの世界では、魔法——正確には『魔術』が、一般人でも簡単に使えるらしい。

その理由は『魔石』にある。

『魔石』に、ちょっと詠唱をして魔力（生命エネルギーみたいなもの）を流すだけで、刻まれた魔術が起動するのだ。現代日本でいう電気みたいなものである。電子機器の代わりに魔石を使い、電力の代わりに魔力を使う。

師匠の棲み処でもよく魔石を使っていた。モンスターを狩ると魔石に変わるので、それに師匠が火とか水とかの魔術を刻み込む。五元素だったか、四元素だったか。それを照明にしたり、お風呂にしたりする（ちなみにあの大猪は魔物ではない）。

魔石、便利。

街には魔術が溢《あふ》れている。それは現代日本で暮らしていた俺にとっては未知との遭遇で、大変心躍《おど》るものなのだが……。

「なんか変だな……？」

もう一つ、違和感がある。

なんというかこう、恰幅《かっぷく》の良いひとばかりだ。

ワンピースやスカートを身に着けているから、女性……なんだろうけど、ほとんどの人が丸い。ハンプティ・ダンプティみたいに丸い。でも腕や足は太い。ゆで卵にぶっとい手足が生えてる感じ。

あと、髭。

ほとんどのひとが、髭をたくわえている。女性なのに。女性の恰好をしているのに。

正直、『おっさん』なのか『おばさん』なのか判別がつかない人が多い。

『小太りのおじさん』みたいな女の人（？）ばっかりだった。

──この町はそういう流行《はや》りなのかな……？

師匠以外の人間……いや師匠もヒュームじゃないから違うか。この世界に来て初めて見た人たちがこんな感じなので、かなり驚いている。

男が少なく。

女はおっさんみたい。

──変な街だな。

とはいえ、変なのは俺も同じだ。なにせ異世界に転生してきた日本人なのだ。これ以上奇妙な存在はいないだろう。

「……ふぅ」

気を取り直して、仕事に集中しよう。師匠のお使いをこなすのだ。

と、思ったその時、

「アンタ──エルフかい！」

大声に振り返ると、露店のパン屋の前で、客と店主と思《おぼ》しきおばさんが揉《も》めていた。

どうも、店主が客を拒《こば》んでいるらしい。

「近寄るんじゃないよ！　薄汚いエルフめ！」

「え？　あ……！」

客は、フードを被《かぶ》った細身の女性だ。綺麗な金色の髪がフードから見え隠れする。正体がバレてしまったから慌てふためいている――ようにも見える。

「お、お願いします……。お金ならありますから、パンを……」

「うるさいねぇ！　エルフに売るものなんかないよ！」

「そこをなんとか……」

「しつこいんだよ！」

まるまる太った店主のおばさん（？）が、追いすがる女性をばしっとはたいた。意外にも、女性はびくともしない。だが、被っていたフードが取れ、顔が露《あら》わになる。

――めっちゃ美少女。

輝くような長い金髪、宝石のような青い瞳、人間離れした美しい容姿――そして、長い耳。

いや、『人間離れした』ではなく、文字通り、人間《ヒューム》ではなさそうだった。

店主が言うように、彼女は『エルフ』なのだろう。

――さすが異世界だ。

師匠の言うとおりだった。この世界には多種多様な種族が存在している。エルフもその一つで、そして――迫害されているらしい。

曰《いわ》く、「人界には差別が蔓延《まんえん》している。ワシもそれが疎《うと》ましくて山奥にいる」と。

「なんでこの街にエルフがいるんだ？」

「視界に入れるだけでおぞましい」

「とっとと森に帰れ、草臭《くさ》いエルフが！」

それを証明するかのように、周囲にいた人々も口々にエルフの彼女を罵《のの》り始めた。

「ああっ……」

女性エルフはいたたまれなくなったのか、半泣きでフードをかぶり直し、パン屋の前から足早に立ち去っていく。

エルフが差別されているのは本当らしい。それを見て、

「………………」

俺は、ほとんど考えなく動いた。

パン屋にお金を払ってパンを買った。店主が俺の顔を見てなぜかオマケしてくれたが、そんなことどうでもいい。

女性エルフを追いかけた。

路地裏に入る。

すぐに追いついた。肩を震わせている彼女の背に、声をかけた。

「あの──」

振り返る。はっとした顔。碧眼《へきがん》には涙が見える。

「もし、ご迷惑でなければ、あの、これ、受け取ってください……」

パンを差し出した。

そこでやっと、自分がひどく傲慢《ごうまん》なことをしているんじゃないかと思い至った。

差別・迫害されている赤の他人に、えらそうなことをして悦《えつ》に入《い》っている──そんな自分の様に思い至ったのだ。

「……？」

差し出したまま硬直する俺と、何を言われているかわからないといった表情の、エルフの彼女。

ひょっとして言葉が通じないのか？

俺の行為は自己満足か？

──ええい、もうどっちでもいい！

「ご迷惑かもしれませんが、受け取ってください。あそこで買ったものです」

と、俺は強引に、パンの入っている籠《かご》ごと渡した。

「………え、え？」

目をぱちぱちとさせるエルフの君《きみ》。

「男の、ひと……？」

見ればわかると思うが。

「私なんかに……どうして……？　私は、エルフですのに……こんなに……醜《みにく》いのに……」

と、フードで顔を隠す。

その耳が差別される象徴なのかもしれない。だが俺にとっては『異世界』『ファンタジー』の象徴だ。

それは漫画やアニメといった二次元に浸ってきたオタクな俺にとっては、夢の象徴なのだ。憧《あこが》れの証《あかし》なのだ。

だから、助けたいと思う。

幸い、誰にも見られていないみたいだし、ここでエルフを助けたとしても、俺にまで害が及ぶことはないだろう。

俺は言う。

「エルフは、俺にとって、憧れなんです」

あ、恥ずかしい。勢いに任せて口にしたけど、これけっこう恥ずかしいな。

エルフの君も困惑《こんわく》して、

「…………へ？」

「じゃあ、失礼します」

こっ恥《ぱ》ずかしくなった俺は踵《きびす》を返してUターン。路地裏からこそこそと出ていった。

「あの——」

後ろの方で彼女が何か言っていたが、聞こえないふりをして、そのまま立ち去る。

うん、良いことをした。したと思う。したんじゃないかな。

自己満足かもしれないけど、まぁいいや。

「ふぅ……」

歩きながら、空を見上げる。

二つある太陽を眩《まぶ》しく思いつつ、先ほどの彼女を思い出す。

——可愛かったなぁ、エルフさん……。

ギルドにもいるといいなー。異世界だしなー。あわよくば仲良くなれたり……なんてしないかなぁ。エルフはプライドも高くて気難しいって、ファンタジーの常識だしなー。そうじゃなくても、迫害されてるっぽいからギルドにはいないかなー。

なんてことを考えながら、俺はギルドを探して歩みを進める。

その思考が、果てしなく見当違いであることも知らずに。

第三話　エルフの私は醜女《しこめ》である。

トスエスガの街。
路地裏。
何が起こったのか、この私——ルルゥ・ワードリットは、すぐには理解できなかった。
——いまの、男の、ひと……？
夜の神に愛されたような黒い髪と、黒い瞳。
男性特有のかぐわしさ。
自分よりも頭一つくらい高い背丈《せたけ》。
かくばった、男らしい肩や腰の骨格。
まぎれもない——男性だった。
——数十年ぶりに見ました……。
種族は人間《ヒューム》のようだった。
いや、それよりも、だ。

彼は、自分を見ても、嫌な顔ひとつしなかった。

この——エルフである自分の、醜《みにく》い容姿を見ても。

それどころか、パンを恵んでくれた。

はじめてだ。

生まれて初めて、二百年も生きてきて、初めて男の人に優しくされた。

その事実が、自分の胸を高く高く、高く、高鳴らせる。

——夢、じゃないですよね……？

パチン、と自分の頰を叩く。痛い。夢じゃない。

だが、幻だったのではないだろうか。

そもそも、今日は調子が悪いのだ。

城壁の外側にある自宅から街へやってきたは良いものの、先日のダンジョンでの『疲労』が尾を引いて、幻術に失敗した。

いつも自分は、相手に『顔を意識させない』という、犯罪スレスレの幻惑《げんわく》魔術を使って買い物をしている。

そうでないと、なにも売ってもらえないからだ。

なにせエルフ族は『醜い一族』と蔑《さげす》まれている。その醜い種族のなかでも、自分はとびきりの醜女《しこめ》だ。里で一番ブスだったのだ。この容姿のせいで故郷にいられず、ヒュームやゴブリンにオークなど、多種多様な種族がいるこの国へ出てきたのだ。

そんな自分である。いくらお金を持っていっても、『店が穢《けが》れる』と言われて相手にされないことが多い。

だから仕方なく、幻惑の魔術を使っていたのだが。

――先日は少し、ダンジョンに長く潜《もぐ》りすぎてましたからね……。

自分は冒険者だ。相棒とともに、『ダンジョン』や『危険エリア』に挑み、モンスターを討伐して魔石を得たり、アイテムを収集して生計を立てている。

それなりに実力もある。

そんじょそこらのモンスターには負けないし、他の冒険者にも引けを取らない。

だが問題はそこではない。

この大陸にあるダンジョンや危険エリアには、『呪い』が充満しているのだ。

淫欲《いんよく》の呪いだ。

だから、あまり長くとどまりすぎると、こう……性欲が盛んになってしまう。

ただでさえ、この大陸は女性が多いのに。

そしてただでさえ、女は性欲が強いのに。

それが余計に増幅されてしまう。

オスを見ればば無理やりレイプしてしまうだろう。

それがたとえ、牛や馬でも構わないだろう。

獣だ。

性欲の獣だ。

そうならないよう、冒険者ギルドには、僧侶《クレリック》──『ギルド神官』がいる。彼らに『儀式』を行ってもらえば、淫欲の呪いは解かれる。性欲から解放される。

だが、彼らにも自分は相手にされない。

醜女だからだ。

たとえS級冒険者でも、たとえ〝竜〟から街や国を救っても、容姿が醜ければ決して認められることはない──それがこの世の常識だ。二〇〇年以上生きているが、その常識が覆《くつがえ》ったことはない。

だから仕方なく、高価な、しかし大して効果のない解呪薬を使い、自分で自分を慰《なぐさ》めて、性欲を鎮《しず》めているのだが──。

──一週間ほどオナニー地獄でしたが、まだその余韻《よいん》が残っているのでしょうか……。

ギルドの僧侶《クレリック》──ギルド神官から相手にされない自分たちは、ダンジョンから戻ってきたばかりの一週間は、解呪薬と鎮静薬を併用しつつ、ひたすら性欲の発散に努《つと》める。

パーティに僧侶《クレリック》がいれば、ギルド神官に頼ることもないのだが、そんなパーティは限られている。美女ばかりのパーティにだけ許される、夢のような話だ。

そう、夢なのだ。

男性から話しかけられたり、あまつさえ優しくしてもらえただなんて。

同情――ですらない。幻だ。

このパンもそうに違いない。

きっと、幻惑魔術に失敗したのだ。本当は自分で買えたのに、まるであたかも殿方から恵んでいただいたような幻を、自分自身に見せたに違いない。

そう考えると納得がいった。

同時に激しく落胆した。

「はぁ……死にたくなるほど情けない……」

まさか自分自身に幻術をかけるなんて。

そのことに自覚すらなかったなんて。

こんな情けない話、相棒《あのこ》にも言えない。

手の内にあるパンを見つめて、ため息が出る。

そうして、路地裏を歩き始める。どうも今日は幻術の調子が悪いようだから、ひとから見られるのは可能な限り避けた方がいい。

ギルドには遠回りになるけれど、あまり他人に顔を見せずに済む道を選んでいこう。
――でも、変ですね……。
お財布から、パンの代金分のお金が減っていないのは、気のせいだろうか？

迷った。

エルフさんにパンを渡したあと、異世界での『初めての街』をうきうきで探索していたら、あっさりと迷った。

初めての場所は全部歩かないと気が済まないという性格をどうにかした方がいいと自分でも思う。ローグライクダンジョン形式（入るたびに形が変わるダンジョン）のゲームでひたすら時間がかかったことを思い出す。

広場のベンチに座って、露店で買った焼き鳥——鳥か？　なんか豚肉のような牛肉のような食感もする——を食べ終わったところである。

水筒から水を一口。この世界の水は美味しい。魔素《マナ》が満ちているからかな。柔らかくて、飲みやすい。

それにしても——なんか見られてる。

髭《ひげ》を生やした太っちょのおじさんみたいな女の人たちから、遠巻きに見られている。

注目を浴びている。

田舎者《いなかもの》だとバレているのだろうか。

ちょっと恥ずかしいけど、まあ田舎者なのは間違いないので仕方ない。

憲兵とか兵士とかは来ないし、そういう雰囲気もないから、なにか知らないうちに犯罪行為に及んでいたというわけではないだろう。そう信じたい。

で、あれば、悩んでいても迷っていても時間の無駄だ。

ギルドへの道を訊《き》こう。

ベンチから立ち上がり、一番近くにいたご婦人グループを目標に設定。

髭と眉がご立派なご婦人は、俺が近づいてくるのを見て、きゃーきゃーと小さく騒ぎだした。

すみませんね、田舎者で。

「あのう、ちょっと道を尋《たず》ねたいのですが……」

精一杯の笑顔でそう声をかけると、

「はっ、はいぃっ……。私にできることであれば、なんでもいたしますぅ……！」

感極《かんきわ》まった声でそう言ってくれた。目がキラキラしているおじさんみたいなご婦人だ。

「冒険者ギルドの館はどちらにあるのでしょうか？」

しかしご婦人は俺の言葉を聞かず、逆に質問してきた。

「あの、男性の方、ですよね？」

「え、はい。男です」

見ればわかると思うのだけど……。

俺がそう答えると、ご婦人方（ふとましい）は再びきゃーきゃー騒ぎ始めてしまい、返事をくれない。

「あの……ギルドへの道を……」

「普段は何を食べていらっしゃるんですか？」

「え？」

「朝は何時に起きて、夜は何時に寝るんですか？」

「は？」

「御祈禱《ごきとう》はどれくらいの時間なさるんですの？」

「へ？」

質問に答えないと、こちらの質問の答えもくれない――とか、そういう風習があるのだろうか。

内容がちょっと奇妙だけど……異世界だからな。うん。

「昨日は大猪の鍋を食べて、朝は六時で、夜は九時に寝て……」

などと、矢継ぎ早にされる質問に答えていると、周りで見ていたほかのご婦人グループも集まってきてしまった。

通行人や買い物客だけでなく、露店でものを売っている店主たちまでやってきた。あなたたち、お店はいいんですか。

あっという間に、恰幅《かっぷく》のいいおじさんみたいな女性に取り囲まれる事態に陥《おちい》ってしまう。

いや、怖いな⁉

いつでも逃げられる心の準備と逃走経路だけ確認しつつ、俺は質問を繰り返す。

「あの！　冒険者ギルドの館への道をご存じの方はいませんか⁉」

「「「はい‼」」」

全員が手を挙げた。

初めから教えてほしい。

田舎者がそんなに珍しいのか、俺は大勢のおじさんみたいなご婦人方に囲まれながら、ようやくギルドへ辿《たど》り着いたのであった。

見方の変えようによってはハーレムだが……なんか違う。

☆

やっとギルドに着いた。ここまで俺は、この奇妙なご婦人方に両腕を摑まれてやってきた。胸——ではなく、でっぷり太ったお腹を触らされながら。どのご婦人も胸は小さいのに腹はめっちゃ出てるんだよな……。

ついでに、ちょっと体臭《たいしゅう》がきつかったが……これは女性相手にはあまり考えないようにしよう。俺だって元は三十歳童貞のおっさんだ。見知らぬ異性に「あのおじさん臭《くさ》い……」とか思われたくない。それと同じことだ。

体毛――髭も腕毛もめっちゃ濃いのだが……。いや、言うまい……。

――異世界のファッションの流行はすさまじいものがあるな……。

一周回ってパリコレ？　あたりでは人気なのかもしれない。そんなどうでもいいことを考えながら、ギルドの門をくぐる。

ギルドの館の前で、建物に入っていく俺をご婦人たちが名残惜《なごりお》しそうに見ている。さすがに館の中にまでは入ってこないらしい。良かった。ホッとしながら扉を開けて中に入ると、

「………人外ばかりだ」

緑色の肌をした太った大男、赤色の肌をして角を生やした大男、全身鱗《うろこ》びっしりで尻尾まで生えてるトカゲ男、ふさふさの体毛と長い鼻のイヌ男――。

たぶん、オーク、オーガ、リザードマン、コボルド……的な種族なんだと思う。俺のファンタジー知識が正しければ。

いちおう人間もいるが、その割合は少ない。で、人間はみんな女性だった。ここまでついてきたあのご婦人方みたいに、髭も体毛もすごくて、腹も出てる。いや、うん、女だよな……？

おっさんみたいだけど……。

手前にいたグループが、ギルドに入ってきた俺に気付いて、

「──男？」

その呟《つぶや》きが全員の耳に届いたらしい。ざわめきが波のように引いていく。あっという間に静かになってしまった。全員が俺を見ている。やっぱり田舎者が珍しいのだろうか。

っていうか、「男？」ってあなた方もそうでしょ──とそこまで考えて思い至った。

そういえば、オークもオーガもリザードマンもコボルドも、みんな胸を隠している。腹は丸出しだが、誰も彼も胸は隠している。胸部に装備しているのは、鎧《よろい》とか胸当てなんだが、明らかにこう……山がある。小さいが、隆起《りゅうき》している。ビキニアーマーに似ている。

まるでその下に『膨《ふく》れる脂肪』があるとでもいうように。

乳房《ちぶさ》があるとでもいうように。

──あ、これ全員、女か？

よく見れば女性っぽい恰好のように見えなくもない。

スカートを穿《は》いてるオークがいる。あっちのオーガは急に鏡を出して髭を整え始めた。

コボルドは尻尾の毛並みを（まるでポニーテールの少女が髪を直すみたいに）気にしている。

トカゲ人間は爬虫類の尻尾の先に可愛いリボンなんかつけちゃってる。リザードマンじゃなくてリザードウーマンぽかった。ややこしいのでリザードと呼ぼう。俺は確信する。

――あ、これ全員、女だ……。

そして全員、俺を見ている。俺を見て、囁《ささや》いている。男だ、オスだ、ヒュームのオトコ、ちんぽだ……と。いや最後なんて？

「………………しつれいしまーす」

注目されて気まずい思いをしながら、俺は小声で挨拶《あいさつ》しつつ、歩き始める。

目標は真正面、入ってすぐに目に入った、受付カウンターだ。

「……男」

「……オス」

「……雄《おす》」

「……牡《おす》」

「……男性」

「……殿方」

「……ちんぽ」

全身を舐《な》め回すような目で見られている。だから最後のなに？

オーク女さんの牙《きば》が生えた口からよだれが出てるし、べろりと舐める仕草にビビる。他の皆さんも似たような感じで、歩みを進める俺にじりじりと近寄りつつ、リザード女さんの尻尾が俺の足をそっと撫でたりする。転びそうになるのでやめてほしい。

永遠とも思える十歩を踏破《とうは》し、俺はようやく受付へ辿り着いた。長かった。街に転移してからここまで来るのにめちゃくちゃ時間がかかった。

カウンターにバッグを置いて、中に手を突っ込んで手紙を探しつつ、俺は受付嬢を見た。おっさんだった。

――受付、嬢だよな？

おっさんみたいな見た目だが、着ているものは女モノだから多分、女性だと思う。眉も髭も濃いけどスカート穿いてるし。どうでもいいが、看護婦が看護師に名称変更された際の副次的な効果について思いを巡らす。おばさんかおっさんかわからないとき、あれはすごく便利だ。

意を決して受付嬢（仮）さんに声をかけた。

「あのう、実は俺、師匠に言われて……」

「男性の方ですね!?」

話を遮《さえぎ》られた。勢いよく立ち上がった受付嬢（？）さんは俺の手を握り、

「ようこそ『トスエスガ』のギルドへ！　私は受付嬢のラハリタと申します！　以後、お見知りおきを！」

顔をめっちゃ近づけて挨拶してくれた。いや近い近い。つば飛んできた。仕事熱心なんだなあ。

「あ、はい、どうも……。俺はマコトと言います……」

「マコト様！　ああ、なんて可愛いお名前なんでしょう！」

　可愛いだろうか。

　あと、後ろの方から、なにやら悪態をついている声が聞こえる。

「チッ……ラハリタの野郎、抜け駆けしやがって……」

「受付嬢だからってずるいわね」

「公私混同だぞ！」

　ラハリタさんは聞こえていないのか、眉と髭の濃いおじさんみたいな顔でにこりと微笑む。

「マコト様は、」

　声もちょっと低い。低いっていうか、太い。腕も太いし、首も太いし、胴回りも太ましいから、自然と低くなるんだろうか。オペラ歌手みたいだ。

「ご結婚はされていますか？」

　真後ろからブーイングが上がる。

「オイコラ」

「なに訊《き》いてんだラハリタ」

「でもちょっと気になる……」

　なんかめっちゃ集まってきている。俺のいるカウンターを中心に半円状の人だかりができてる。なにこれ。田舎者いじめ？

「し、してませんが……。あの、その前にこの手紙をですね……」

「まあ！　ではわた――いえ、なんでもありませんわ」

にっこり。

何かを言いかけて急に口をつくんだ受付嬢ラハリタさん。

後ろにいる冒険者たちがなぜか一斉に武器を取り出しているのだけど、やはり田舎者いじめだろうか。あるいは、西部劇みたいな余所者《よそ》への洗礼みたいなもんがあるのだろうか。

かと思ったらみんな武器をしまった。よかった。

「ではマコト様、本日はどのようなご用件でしょう？」

「あの、手紙を……」

ラハリタさんはようやく手紙を受け取って、中身を読む。

「賢者イーダ様!?　そのお弟子さん!?　なるほど、冒険者登録を……え？　S級に加入……？」

イーダっていうのは、言うまでもなくうちの師匠の名だ。どうやら世間では名の知られた存在らしい。さすが人界無双の賢者さまだ。

渡した手紙の内容は俺も知っている。すでに読んでいる。師匠の許可済みで。

俺はラハリタさんの手の中にある手紙を指さしながら、

「そこにある通り、冒険者になるため、登録に来ました。S級パーティ？　に入れてもらって〝竜〟を討伐しろとかなんとか……」

難しい顔をして唸《うな》るラハリタさん。

「なるほど……。かしこまりました。マコト様は、男性でありながら、今まで職業《ジョブ》を得ていなかったのですね」

職業《ジョブ》とは、普通の職業のことではなく、いわゆるＲＰＧでいう『クラス』のことだ。戦士とか僧侶とか魔導士とか。

この世界では、職業《ジョブ》につくと、それだけで超人的な力を得られるらしい。だから、冒険者はみな職業《ジョブ》を得る。なんなら冒険者じゃない者でも職業《ジョブ》を得る、らしい。

もっとも俺はチート持ちなので、職業《ジョブ》なしでもそれなりに強いみたいだが。

ところで、『男でありながら』っていうのはどういう意味だろう。それについて、師匠は何も言ってなかったが……。

——あのひともポンコツだからな……。言い忘れたことがあるのかもしれない……。

俺の疑問と不安をよそに、ラハリタさんは頷《うなず》く。

「イーダ様の下《もと》で修行をしていたから、職業《ジョブ》を得る機会がなかったと。なるほど」

「はい、そんな感じです」

「かしこまりました。では、登録しますので、こちらの書類に必要事項を記入してください」

言われるままにした。

「では次に、こちらの水晶玉に触れてください」

言われた通りにした。

「お疲れ様でした。これにて冒険者登録は完了です。こちらがギルドカードです。どうぞ！」

と、硬質のカードを手渡される。プラスチックではもちろんない。似たような感触だけど。

「うお……？」

手に触れた瞬間、脳内にステータスが表示された。おお、異世界っぽい……！

名前はマコト。レベルは1。それはいい。

でも職業《ジョブ》が僧侶《クレリック》になっている。

「あの、職業《ジョブ》ってこれで決まりなんですか？」

「はい。マコト様は男性ですので僧侶《クレリック》になります」

「え、自分で選べないんですか!?」

ラハリタさんはきょとんとした顔で、

「ええ。女は好きな職業《ジョブ》を選べますが、男性は僧侶《クレリック》のみです」

当然ですといわんばかりに頷く。

——そ、そうなのか……。

戦士とか魔導士とかが良かったのになぁ。師匠は魔導士と僧侶の上位職みたいだし。

がっくりだ。

ていうか師匠、なんでそういう大事なことを教えてくれないんだ……。ポンコツグリーンモンスターめ……。

「ところでマコト様、せっかくですから、ギルド神官になりませんか？」

肩を落としている俺に、ラハリタさんがそう促《うなが》す。

「ギルド神官？」

顔を上げて訊き返すと、彼女は満面の笑みで、

「はい！　ギルド所属の僧侶《クレリック》です！」

ラハリタさんは色々と説明してくれた。

「冒険者はクエストをこなして報酬を得るので毎月の収入が上下しがちですが、ギルド所属になれば安定の高収入！　それに男性の僧侶《クレリック》ともなればかなりの好待遇で働けますよ！」

フリーターと国家公務員みたいなものだろうか。

前世で、バイトと契約社員を行ったり来たりしていた俺には夢のような話だ。

「男性の僧侶《クレリック》の方は、みなさんギルド神官になっておられますよ？」

にこにこと誘われるが、ちょっと怪《あや》しい気もする。

というか、師匠には『S級パーティに入って人界を救え』と言われているし……。

「すみません、俺は師匠の言う通りにしておきます」

「ええ!?　もったいないですよ！　S級冒険者ならそりゃクエスト報酬も莫大《ばくだい》ですが、それでもギルド神官なら福利厚生ばっちりですし！」

「いや、師匠の言いつけに従わないと後で何が起こるか……」

　命の恩人だし。

「イーダ様もギルド神官ならきっとお許しになってくれますよ！」

　やけに食い下がるなぁ……。なんか余計に怪しくなってきたぞ……。

「いいんです。とにかく、S級パーティ？　の方がいるなら紹介していただけませんか？」

「えぇー、もったいないなぁー……。マコト様がそう仰《おっしゃ》るなら構いませんけど……。でも、後からでも転職できますからね？　いつでもギルド神官になっていただいて良いですからね？」

　後で転職できるなら別にいいじゃん、と思わないでもない。

　受付嬢さんは口を尖《とが》らせながら、

「それに、S級となるとあのパーティしか……」

「いるんですね？」

「ええ。いちおうは。でも大陸に一組しかいませんし……」

「一組だけ？　それってめちゃくちゃ凄《すご》いのでは？」

「凄いですよ。A級が十組いても彼女たちには敵《かな》わないでしょう、武力ではね」

　ちなみに冒険者のランクはFから始まり、EDC……と上がっていくらしい。A級ともなれば国家最強クラスなんだそうだ。A級パーティ一つだけで、小さな国なら制圧できるとかなんとか。

そんなのが十コ集まっても勝てないパーティ、それがＳ級。

大国並みの戦力を持つパーティ。

はちゃめちゃ強いやん。

そんな人たちのパーティに初級冒険者……Ｆ級の俺が入ってもいいのだろうか。

いや、ていうか、

「なんでそんなに渋るんです？」

「それは――」

とラハリタさんが口を開いたその時だった。

ざわっ……！

今まで俺とラハリタさんのやり取りに聞き耳を立てていた冒険者たちが、再びざわめきだした。誰かが館に入ってきたらしい。

「あれが、Ｓ級の冒険者です」

ラハリタさんの言葉に、俺は振り返る。

入り口に立っていたのは、あのエルフさんだった。

☆

——あ、さっきの、パンの人《エルフ》。

彼女を見て、周りにいた冒険者たちが道を空ける。

大国に匹敵するほどの戦力を有する彼女への畏怖《いふ》……ではない。

冒険者たちの表情には、明らかな侮蔑《ぶべつ》と嫌悪が浮かんでいた。

嫌われている……というか、そうか、ここでも。

——種族差別、か。

エルフが差別されているのは、ギルドでも同じらしい。オークもオーガもリザードもコボルトもいるのに。

エルフだけが、迫害されている。

そのエルフの彼女は、フードで顔を隠し、猫背になって、そそくさと部屋の隅へ寄った。まるで逃げるように。

「ケッ……エルフがよ」

「くせーんだよ、耳長」

「あぁ？　草みてーな匂《にお》いがすると思ったら草女《くさめ》かよ」

「森に帰ればいいのに。そうすれば疎《うと》まれることもないのにね」

周りの冒険者は、舌打ちや悪態をつくことを隠そうともしない。

俺の胸に、なにか黒いものが渦を巻く。

ラハリタさんが、猫撫で声で俺に囁く。

「あんな醜い種族とパーティなんて組めないでしょ？　断ってギルド神官になりましょうよ。お給料だってたくさん出ますし。ね？」

近くにいる冒険者たちが、同調する。

「そうだよ、お兄さん。いくらS級だからって、エルフなんかと一緒にいられないでしょ？」

「ギルド神官になっときなって。そうすれば私たちも――いや、なんでもないけど」

「そうよそうよ、ギルド神官はいいわよぉ？　待遇はいいし、好きなときに休めるし、女だって――」

俺は、答えた。

「嫌です」

声が固くなっていることに自分で気が付く。

でも、答えは変えない。

「俺はS級パーティに入れと言われたんです。それに――」

それに。

俺は、部屋の隅っこで縮こまる彼女の背中を見て、侮蔑の言葉や、丸めた紙くずを投げつけられる彼女の背中を見て、

――もう二度とあんなのは嫌だ。

前世で、日本で、学校で、『友達だった女の子を見捨てた』ことを思い出した。

ありありと思い出した。まるで目の前で映画を見るかのように、スクリーンに映し出されたかのように、俺の視界に当時の映像が流れ始める。

中学校の教室。

蟬の声。

夏休みに俺の隣の家に引っ越してきた女の子と、俺は仲良くなった。十四歳だった。初恋だったかもしれない。

おとなしそうな子だった。

そして、とびきりに綺麗な子だった。

その子の両親とウチの親は高校の同級生とかなんとかで。

俺は緊張しながら、近所の公園とかショッピングモールとかを案内して。

彼女も緊張した様子で、俺の後をついてきて。言葉少なに、頷いたりして。

両親が遅くまで帰ってこない日は、俺の家にやってきて、泊まったりして。

一晩中、ゲームとかして。

初めて笑ってくれたりして。

夏休み、ほとんど毎日ずっと一緒にいたのに。

夏休みが終わるころには、すっかり仲良くなったのに。


二学期が始まって、彼女は俺の通う学校に転校してきた。夏休みの間ずっと遊んでいた俺は「何を今さら」感がありつつ、彼女が学校に——特に、クラスの女子に馴染《なじ》めるといいなと思って、話しかけなかった。

そして——彼女はイジメられた。

俺は何もできなかった。

彼女が教室の隅っこで、侮蔑の言葉やゴミを投げつけられている時も、俺は何もしなかった。怖かった。

『空気』が怖かった。

彼女を『イジメても良い』という空気が。彼女を守ったら自分もイジメられると容易に想像がつく空気が、怖かった。

彼女が俺の方を見ても、縋《すが》るような目で見てきても。

助けを乞《こ》うように見てきても。

俺は何もできなかった。何もしなかった。見て見ぬふりをした。

そうして、三学期の始業式、彼女は学校に来なかった。

教室には机と椅子がある。誰も座っていない椅子の上には大量の画びょうが撒《ま》かれている。机の上には消しても消しても繰り返し書かれ、ついには刃物で刻まれるようになった『死ね』の文字、『来るな』『帰れ』『ブス』『臭《くさ》い』『ウザい』の文字、文字、文字。誰かがふざけて置いた花瓶、仕方なさそうに片付ける教師、『〇〇さんはご家庭の都合で転校することになりました』と聞いて、してやったりと笑う女子たちと。

我関せずの男子たちと。

何もしなかった俺。

それから一度も彼女に会えないまま、彼女と家族はまた引っ越した。

俺が女性と話せなくなったのは、それがきっかけだと思う。

——あの子を見捨てたのに、他の子とは話すのか？

それはダメだ。

それは嫌だ。

そう、無意識《だれか》の声が俺に聞こえるから。

——でも俺は。

異世界に転生したのだ。チートを貰ったのだ。師匠の下で修行を積んだのだ。

生まれ変わったのだ。

俺はもう、彼女を見捨てるのは、嫌だ。

苦い記憶から現実に戻る。震える足を前に出す。進む先にいるのは、依頼用紙が貼られたクエストボードの前に佇《たたず》む彼女だ。

「俺は、あの人のパーティに入ります」


ラハリタさんや他の冒険者たちが呆気《あっけ》に取られて俺を見送る。

ざわめきが、「え?」という驚きに満ちた空気になって、俺に向けられる。

彼女はすぐに気が付いた。振り返る。俺を見上げる。

驚いたような表情。

おとなしそうなひと。

そして、とびきり綺麗なひと。

ああ、と俺は思う。さっきは気付かなかったけど、さっきはわからなかったけど、さっきの自分がどうして彼女にパンを渡したのか理解した。

あの子に似ている。

「あなたは……先ほどの……?　え、また幻……?」

さっき渡したパンを抱えているエルフの彼女に、俺は頭を下げる。

「ごめんなさい」

「え？　え？」

間違えた。謝ったのは違う。謝りたかったけど、相手が違う。俺が言うべきは謝罪じゃなくて、懇願だ。

「俺はマコトと言います。職業《ジョブ》は、僧侶《クレリック》です」

「あ、はい、私はルルゥです……え？　僧侶《クレリック》様？」

「ルルゥさん。あなたがS級冒険者だと聞きました」

「え？　はい、そうですが、え……？」

「でしたら、お願いがあります」

「お願い……？」

「俺を、あなたのパーティに入れてください」

「「「え……？」」」

エルフの彼女だけではなく、ギルド全体がそう言った。

何言ってんのコイツ、と。

俺は頭を下げて、ただただ相手の答えを待っていた。

——なんか、告白したみたいだな。

と、そんなことを思いながら。

第五話　醜女のエルフはナメクジになりたい。

ナメクジになりたかった。

あの可愛らしい、触角の生えた、ぬめぬめとした生き物に。

だって、ナメクジには——性別がないから。

女であることを捨てたいのだ、私は。

だって、女である以上——私は嫌われてしまうから。

この、醜《みにく》い容姿のせいで。

——なんて。そんなことを考えても言っても仕方ありませんね……。

パンを買った後。

男の人に優しくされた幻を見た私は、こそこそと路地裏を歩き、ようやくギルドの館へ辿《たど》り着いて、ひとりでも受けられるような依頼を探して、クエストボードを眺めていた。

……いや、嘘だ。

本当は、投げつけられる侮蔑《ぶべつ》の言葉や視線が怖くて、依頼を探すふりをしていただけだ。

ギルドには、職業《ジョブ》の加護を得た冒険者が多い。彼女らは魔力耐性があるので、幻惑《げんわく》魔術は通用しにくい。S級の私が使っても、エルフだと認識されてしまう。今日は魔術の調子が悪いからなおさらだ。

だから私がギルドへ訪れるときは、まずクエストボードの前へ行く。そのうち、他の冒険者も私から興味を失う。それまで待つのだ。

今日も同じようにしたつもりだった。

けれど異変が起きた。

館に入ったときから何かおかしい気はしていた。雰囲気がいつもと違うというか、浮き足立っているというか、うきうきしているというか。

——有名人でも来てるのかな。

それならちょっと見てみたい、という気持ちもあるにはある。

けれど、それ以上に怖かった。

有名人に私の耳を見られて、醜い顔と身体を見られて、眉を顰《ひそ》められ、酷《ひど》い言葉を投げかけられるのが、怖かった。

その有名人の気を引くために、他の冒険者が私のことをダシにして笑うのが、怖かった。

で、実際にそうなってしまった。

たぶん男性が来たのだろう。この国、いやこの大陸では男性は希少な存在だ。そのほとんどが神に仕《つか》えるギルド神官だし、多くの女性の相手をしてくださる高貴な方々だ。

男性は特別なのだ。

男性は偉いのだ。

男性は尊《とうと》いのだ。

その特別な存在が、いま受付にいるらしい。人だかりができて見えないし、そもそも私は顔を上げるのすら怖い。ここそとクエストボードの前までやってきたのだが……。

「ケッ……エルフがよ」

「くせーんだよ、耳長」

「あぁ？　草みてーな匂《にお》いがすると思ったら草女《くさめ》かよ」

「森に帰ればいいのに。そうすれば疎《うと》まれることもないのにね」

いつも通りに、いやいつも以上に『構われ』が激しい。私を貶《エルフおとし》めることで、殿方の気を引きたいのだろう。

怖い。

周りの視線が怖い。

周りの悪意が怖い。

周りの空気が怖い。

戦えば、戦闘《ケンカ》になってしまえば、私はここにいる誰よりも強いだろう。それどころか、ここにいる全員が一斉に襲い掛かってきても返り討ちにできるだろう。

けれどそれが何になる?

――何にもならない。

所詮《しょせん》この世は、弱肉強食。

武の強さよりも、美の強さがモノを言う。

いくら戦闘力が高くても、醜いエルフである私は、『弱い』のだ。

美しさがあれば、たとえ命を落としても、死後の世界で救われる。神々に愛されるからだ。

けれど私は醜い。

仮に私がこの場にいる全員を皆殺しにしたとしよう。その後は何が残る? 醜い自分だけだ。

容姿の醜さに耐えかねて、自分よりも美しい者たちを不当に殺したという、性根すら醜い存在になり果てる。

そうして醜い自分はきっと、地獄に落ちる。

この世も地獄だけど、もっと酷い地獄に落ちる。

神々のいる世界にも、善《よ》きエルフが死後に辿り着くという夢の地――妖精郷にも招かれないだろう。

天国には、行けないだろう。

そう考えると恐ろしくて仕方がない。死んだ後も、こんな地獄が続くなんて耐えられない。

その恐怖に比べれば、後ろから罵声《ばせい》やゴミを投げつけられるなんて些細《ささい》なことだ。

「森へ帰れ醜女《しこめ》」

「腐ったエルフめ」

木のジョッキや皿を投げつけられても痛くない。職業《ジョブ》の加護を得て、レベルを上げて、S級冒険者になった自分を傷付けられる者など、このギルドにはいない。

私は堅固《かた》い。職業《ジョブ》レベルが高いから、必然的に防御力も上がる。

でもそんなこと、何にもならない。

自分が、醜い女《エルフ》であるかぎり。

――ナメクジになりたい。

女でいたくなかった。男になりたいなんて大層なことは言わない。人型としての意識なんてなくても良い。辛《つら》いだけだから。

小さくて、可愛くて――男でも女でもない、ナメクジになりたい。

――そうすればきっと、泣くこともないんでしょうね。

クエストボードに貼られた依頼書がぼやけて見える。不思議だ、いつもは平気なのに。

あの幻を見たから、余計にこたえるのかもしれない。

――今日は帰りましょう。

そう思って振り返った。

そうして、息を忘れた。

さっき幻で見た人間《ヒューム》の男性が、目の前にいたから。

現実の光景とは思えなかった。

頭がおかしくなったのだと思った。あまりにも精神に負荷がかかって、また幻を視《み》させているのだ。

そう、幻視だ。それに違いない。

幻の彼は頭を下げて、なにやら意味のわからないことを言って、そして、

「俺を、あなたのパーティに入れてください」

夢ね。うん、夢。間違いない。

自分自身に幻惑魔術をかけるなんて、私もなかなかキてるわね。

でも夢ならいい。好きにヤらせてもらおう。そう、幼い頃に母から聞かされた物語のように、美しいオークのお姫様がそうするように――。

「私で良ければ、喜んで」

彼の手を取った。

実体があった。実感があった。触れる。温かい。ごつごつしている。いい匂いがする。

　ここまでの幻惑魔術を自分自身にかけられるなんて、私もなかなかやるわね、ともう一度自分に感心する。完全に頭がイカれてるだけかもしれないが。

　どうせイカれているなら、最後までイってしまおうか。

「よければ、私の部屋まで来てくださいますか？　色々と、お話しがしたいので」

　殿方を誘ってみた。

　ナンパしてみた。

　心臓がどきどきと高鳴る。これが夢や幻でなければ絶対に失敗するし、そもそも現実だったらこんなマネ絶対にしないし、できない。

　人間《ヒューム》の彼――幻だけど、名前はマコトというらしい。不思議な語感。別の大陸から来たのかしら。まぁ私の妄想なんだけど。

　マコト様は、安心したように息を吐くと、

「わかりました。ぜひ」

　そう微笑んだ。

　黒髪に黒い瞳、夜の神に愛されたかのような美男子の、目が眩《くら》みそうなほどヤバい笑顔を目の前で見た私は、

　――もう死んでもいいです。

　ふわふわとした気持ちのまま、彼の手を取ってギルドの館を出た。

神様、エルフの神様、どうかこのまま、夢を見せたまま私を殺してください――。
そんなことを願いながら。

どうやら夢じゃないとわかったときにはもう、私は全裸で彼の上に跨《またが》っていた。

第六話　爆乳エルフに全裸で土下座される。

エルフのルルゥさんに手を引かれ、俺は彼女の家へと招待された。

そして、いきなりベッドに押し倒された。

「えっ、ちょっ、えっ!?」

驚く俺の上に跨って、いそいそと服を脱ぎ始めるルルゥさん。俺の驚愕《きょうがく》は止まらない。

「ど、どういう……？　えっ、えっ!?」

押しのけようとするが——いや、力めっちゃ強いな!?

ルルゥさんはその美しい顔で「にんまり」と笑う。こう、口の端《は》を吊り上げて、目を細めて、舌なめずりなんかして、獲物を前にした肉食動物のように。

肉食系女子？

この世界のエルフってそうなの？

「マコト様——いいですわよね？」

「な、なにがですかっ!?」

「ふふ、私の幻術もなかなかのもの……。会話はともかく、まさか触覚や嗅覚《きゅうかく》まで無意識のうちに再現できるなんて」

これも日ごろの妄想のたまものですわね、とか言いながらルルゥさんは上着を脱いだ。ぶるんっ、と下着に包まれた豊満なバストが揺れる。

──マントの上からじゃわからなかったけど、胸がめっちゃデカい！

G……いやIカップくらいありそう。

腰も細いし、お尻も大きい。

で、そのお尻はいま、俺の腹の上に乗っている。

逆レイプでは？

──こんなグラビア体型のIカップ美女に逆レされて童貞を捨てるのか？　それはそれでヨシ！

ではなくて！

「こ、こういうのは、お互いのことをよく知ってからの方が良いと思うんです！」

「ええ、ええ、よく知り合いましょうね。カラダの隅から隅まで」

「順番が違うっ！」

ルルゥさんは俺に跨りながら、自《みずか》らのスカートに手を入れる。器用にも、俺の身体を制したまま、スカートを穿《は》いたままで、ショーツをするりと脱ぎ捨てた。柔術かな？　こんなエロい柔術ある？　前世で体育教師に無理やり技をかけられたのとは正反対ですよ？

「うふふ……。そんなに怖がることはないんですよ……？　どうせ私の幻なんですから……。ちょっと高度なオナニーなんですから……」

高度すぎない？

「幻……って、幻術をかけてるんですか？　俺に？」

「まさか。たとえ夢であろうとも、殿方をレイプするなんて非道なこと、私はしませんわ」

「してますけど！　いまレイプしようとしてますけど！」

「これは合意の上ですわ。だって私の妄想なんですから」

「合意じゃないです！　あの、俺、幻じゃないんですけど！」

「……………まぁ。自分を本物だと訴える幻なんて、初めて見ましたわ」

「いや本当に本物です！　人間です！　さっきパンを渡しましたよね⁉」

「ええ、思えばあそこから全てがおかしかった。いつからか――今日はずっと夢見心地ですから、私はきっと昨夜から目覚めていないのでしょう」

「目を覚まして！　幻じゃありません！」

「夢なら覚めないでくださいね。せめて私が処女を卒業するまで――」

ついにブラジャー（らしき布製の乳バンド）すら脱ぎ捨てるルルゥさん。

雪のような真っ白な肌と、片手で掴めないほど大きな乳房《ちぶさ》が露《あら》わになる。ツンと上向きの、ピンク色の小さな乳輪と乳首が、俺に思考を放棄させる。

――綺麗だ……。

彫像のように美しい乳房だった。

それでいて、スイカみたいに大きなおっぱいだった。

「ほら、私の裸を見ても嫌な顔をしない……。夢幻《ゆめまぼろし》に違いありませんわ」

俺の頬に手を当てて、ルルゥさんの美貌が降りてくる。いつのまにか俺のシャツも腰からめくられて、首の下までたくし上げられている。

あらわになった俺の胸の上に、ルルゥさんの真っ白な爆乳が「ぷにゅん」と乗っかった。あっ、柔らかいっ、ちょっと冷たいっ、頬と手とお股は温かいのに、おっぱいだけちょっと冷たいっ、脂肪だから熱が伝わらないのかっ⁉　熱が伝わらないほどの大きさってことかっ‼

「私のファーストキス、貰《もら》ってください」

俺のファーストキスでもあるんですけど！

間近に迫ったルルゥさんの、獣欲に満ちた瞳が俺を見ている。ガン見している。ちょっと怖い。

いやかなり怖い。

仕方ないので――――チートを使うことにした。

「えい」

　ルルゥさんの両腕を握る。

「あら？」

　途端、彼女の力が抜けて、俺に倒れ込んできた。うおお、あぶねぇ、そのまま唇が触れるところだった。ギリギリで首を捻《ひね》って躱《かわ》す。

　俺の顔の横に突っ伏したルルゥさんは、「あれ？　あら？」と焦《あせ》ったように声を出すが、まるで動かない——動けない。俺が力を（一時的に）奪ったからだ。

　エナジードレイン。

　それが、俺の得た特殊体質《チートスキル》。

　文字通り、精気を吸い取る能力だ。

「金縛り……でしょうか？」

「似たようなものです……。すみません、一度、話を聞いてもらえませんか」

　ルルゥさんが、ぐぐぐ、と顔を横に向ける。俺は天井を見たまま彼女に話しかける。横を向くとキスしちゃいそうな距離だから。

「俺の魔術で、ルルゥさんの肉体を縛りました」

　本当は魔術とは違うんだけどそういうことにしておく。とりあえず今は。

「え……？」

　彼女は信じられないといった声を出す。わかる、俺も信じられない。

「S級冒険者の貴女《あなた》に通じるとは思いませんでした。でも良かった、とりあえず話をしましょう」

「いや、そうではなくて…………」

ちら、と彼女を横目で見る。

血の気《け》が引いていた。

絶望の表情をしていた。

怖いのだろう。いきなり力を奪われたのだから。でもすぐに戻すから安心して――

「あの」

「はい」

震える声で、ルルゥさんは言う。

「ひょっとして…………これ…………夢じゃ、ないんですか…………？」

そっちかー。

☆

「申し訳ありませんでした…………………………」

全裸の美女が土下座している。

長い金髪が床に散らばり、白く薄い背中には背骨がくっきりと見えて、きゅっとくびれた腰から太い骨盤まで綺麗なS字を描いたラインが美しいお尻の下に、爪先《つまさき》の丸まった足の裏が見える。

それはそれは綺麗な土下座だった。

とても綺麗なエルフの、とても綺麗な全裸土下座だった。

なお俺は慌《あわ》てふためいている。

「や、やめてください……。もう顔を上げてください……。あ、待って、いま上げたら見えちゃう」

おっぱいが見えちゃう。あそこも見えちゃう。見たいけど見たらダメだ。

「も、申し訳ありません！　醜《みにく》い裸体をお見せして……！」

土下座したまま慌ててマントを被《かぶ》るルルゥさん。いや醜くはないけれども。

で、それから話し合った。

ルルゥさんは床から離れようとしないため、俺も一緒に床に座る。彼女の前に正座した。肌を見ないよう、なるべく目を逸《そ》らして。

「……というわけで、俺は師匠に言われて街へ来て、冒険者になったんです。S級冒険者のパーティに入れてもらえということで……」

「な、なるほど……」

ルルゥさんはマントを被って土下座した状態のままそう答える。床に丸まった猫みたいだ。

「つまり――幻ではない、と…………」

「はい。何度もそう言っていますが、ルルゥさんの幻術ではありませ――」

「申し訳ありませんでしたぁ!!」

床に額《ひたい》を擦《こす》り付けるルルゥさん。これ、もう五回目くらいのやり取りである。

「まさか、まさか殿方をレイプしてしまうなんて……！　償《つぐな》っても償いきれません……！」

号泣している。

「い、いや、未遂《みすい》ですし……。誤解もありましたし……」

「賠償します！　全財産を捧《ささ》げます！　私の命ではとうてい贖《あがな》えませんが、それでもお望みならばこの場で自害します！」

「いやいやいやいやいや！　待って、待ってください！　そんな必要ありません！」

「では私は――どうすればいいのですか!?」

「何もしなくていいです！　僕もルルゥさんの裸を見ちゃいましたし、それで相殺《そうさい》ってことで――」

「ああああ申し訳ありません!!　こんな！　私なんかの裸体を！　マコト様の視界に入れたりして!!　いますぐ死にます!!　死なせてください!!」

「やめてぇぇぇ!!」

マントの下に隠し持っていたナイフで首を掻き切ろうとするルルゥさんを必死に止める俺。

「許して！　死なせてくださいっ！　もう生きているのも恥ずかしいのですっ！」

「待って待って待って待って待って待って待って待って待って!!」

こんなに美人で細いのに、彼女は腕力がめちゃめちゃ強い。これも職業《ジョブ》の加護ってやつなのだろうか。仕方ないので二度目のエナジードレインを発動する。

「きゅう………」

床に倒れ伏すルルゥさんを、身体はなるべく見ないようにして、俺はベッドの上に運ぶ。

一時的に吸い取っただけだから、あと五分もすれば元に戻るだろう。自然回復ってやつだ。こういう調整も師匠の下《もと》で練習した。

ベッドに運ばれたルルゥさんは、しくしくと泣きながら「ごめんなさい、ごめんなさい、生まれてきてごめんなさい、ナメクジになりたい……」と枕に顔を埋《うず》めている。ナイフは取り上げました。そしてなぜナメクジ……。

どうしよう、どうすればいいの、なんでこの人こんなに卑屈なの。

――あ、そっか。エルフって迫害されてるんだった。

そりゃ卑屈にもなるか……。ずっと酷《ひど》い仕打ちを受けてきたんだもんな……。

近くにあった椅子を持ってきて、ベッドの脇に座る。

とにかく話し合うしかあるまい。

「俺はこの件は気にしませんから、ルルゥさんも気にしないでください……って言っても無駄ですよね」

「無理です…………。私はもう死ぬしかないんです…………。地獄に落ちますから…………」

「いや、それは俺が困ります……。S級冒険者とパーティを組んで人界を救えって言われてるんですから……」

　毛布を顔の上まで隠すように被っている彼女を見る。

「そのS級の貴女に死なれたら、俺が師匠に怒られます……。だから、俺のために死なないでください」

　ちょっと卑怯《ひきょう》だが、『俺が困るからやめて』という方向で説得しよう。なんで自殺志願者を止めることになってるんだろう。

「貴女と俺はパーティを組みました。それは良いですよね？　ですから、人界を救う――具体的には人界を滅ぼそうとしている〝竜〟を討伐するまで、死なないでください」

　すると彼女は、毛布の下から返事をする。

「まだ、パーティを組んでくれると言うのですか……？　あんなことをしたのに……？」

　俺は笑顔で答えた。

「ええ」

　そして余計なことを口にした。

「どうも俺は『僧侶《クレリック》』らしいですから、前衛の仲間がいないことには〝竜〟に勝てないかもですし」

ルルゥさんが訊《き》き返す。

「…………………僧侶《クレリック》？」

「はい。そう言われましたし、ギルドカードのステータスにもそうありますよ？」

「………言われてみれば、男性はみな、僧侶《クレリック》になりますね。ギルド神官様にならず、どこかのパーティに入るとなれば、必然的に僧侶《クレリック》になる。僧侶《クレリック》、僧侶《クレリック》……」

「あの、僧侶《クレリック》がどうしました？」

なにか嫌な予感がする。

「もう一度、確認しますが……」

ルルゥさんが毛布から目元だけを出して、

「マコト様は、『僧侶《クレリック》として』『私のパーティに入る』…………それで、よろしいんですね？」

「え、ええ……」

なんだこの『言質《げんち》を取られた』感は。

なにか、とてつもなく嫌な予感がする。

知らず知らずのうちに、詐欺にかけられているような。

ルルゥさんはギルドカードを出すと、魔力を流して、空中にステータスを表示させた。

「パーティの加入申請は……あら、いつの間にか済んでいますね。ああ、ギルドで夢心地のまま手続きしましたわね……。そう、夢ではない……夢じゃなかった……」

「ええ、しましたね……」

「マコト様」

ルルゥさんの目が、先ほどのような色を帯びる。

すなわち――色欲。

「僧侶《クレリック》のお仕事が、どのようなものか、ご存じですよね……？」

「え、回復とか援護とか…………あ」

瞬間、俺の脳内に流れ出す、存在しない記憶……じゃなくてステータス。

遥《はる》か古代の魔術師たちが何代にも渡って培《つちか》った研鑽《けんさん》と努力の結晶を、現代の人類種族に一瞬で受け継がせる究極の秘術――それが『職業《ジョブ》システム』。

職業《ジョブ》を得た冒険者は、その職業《ジョブ》のステータスを視《み》ることができる。

簡単に言えば、『自分は何ができるか』わかるのだ。

俺の得た職業《ジョブ》は僧侶《クレリック》。そのメインの仕事は――

「女性と性的な儀式をして、呪いを解くこと」

第七話 女性とセックスするのがお仕事です。

脳裏に浮かんだ文言がそのまま口に出ていた。

マジか。

「せ、性的な儀式って、な」「セックスです……」

食い気味にそう言ったルルゥさんは、「にたぁり」と笑う。

「セックス、セックス、セックスです……。えっちするんです…………。僧侶《クレリック》の男性は、パーティの女たちと、えっちするんですよ…………。女たちに次々に犯されるんです…………。それが仕事なんです…………。仕方ありませんね…………？」

怖っ！

さっきあんだけ申し訳なさそうにしてたのに！

いまは毛布から目元だけ出して俺をじっと見てる！　らんらんとした瞳で俺のことを見ている!!

「ダンジョンに『淫欲《いんよく》の呪い』が充満していることはご存じですよね？」

「いま知りました。その、ステータスを見て……」

「そうでしたか。実は私、少し前にダンジョンに潜《もぐ》っておりましたの」

「なるほど……」

「私……まだ呪いが残ってるっぽいんですの……。これは解呪が必要ですわね……？　ねぇ、マコトさま……？」

目を細めて淫乱エルフが俺を見る。

ぞくっとした。

「でも……」

しかしルルゥさんは再び頭の上まで毛布を被《かぶ》る。

「嫌、ですわよね……。私なんかとえっちするのは……」

さっき逆レイプしようとしたことを気にしているらしい。

そりゃそうだ。一瞬で忘れたのかと思ったよ。安心した。

ゆえに油断した。

「俺は嫌じゃないですけど……」

と、つい口走ってしまった。

「嫌じゃないんですの……？」

ひょこりと顔を出すルルゥさん。あざといなー、でも可愛いなー、自覚してるんだろうなー、あざといけど可愛いなー。

　こんな女性とセックスをする。

　嫌ではない。

　びっくりしたが、嫌ではない。

　三十歳の誕生日に高級風俗店で童貞を捨てようとした俺である。

　ましてや目の前にいる爆乳エルフは前世じゃお目にかかれないくらい綺麗だし、夢《ファンタジー》のようなエロい身体をしている。

　嫌なはずがない。

　むしろ大義名分ができて嬉しいくらいだ。異世界バンザイ！

「本当に、醜《みにく》いエルフですよ？　なんでしたら私、シている最中は布袋を被っていましょうか……？」

　そこまで卑屈にならんでも。

「こう、穴だけ出して……。あ、顔の空気穴と、下半身の挿入穴ですけど……」

　全身で被るつもりだった!?　ていうか挿入穴って!!

「布袋は必要ありませんし、その……嫌じゃないです。こ、光栄です。あなたみたいな人とできるなんて」

　俺は彼女の手を握る。童貞のくせによく頑張っていると自分を褒《ほ》めたい。

「ルルゥさんは、とても綺麗です」

言ってやった。言ってやった。くぁー恥ずかしい！　顔が真っ赤になる！

「…………しょ、しょんな戯言《ざれごと》を………………！」

ルルゥさんも顔が赤くなっている。うおー！　なんて可愛い反応なんだ！　やべー！　いますぐ襲いてぇー！　襲い方しらんけどー！

「ほ、本当に、こんなエルフの私とエッチしてくださるんですか……？　本当に良いのですか……？　後悔しませんか……？　もう逃がしませんけど」

最後の一言に固い固い決意を感じつつも、俺はなぜ彼女がこんなに卑屈なのか気になった。

迫害されてるとはいっても、この美しさだろ？　むしろ美しいからこそ妬《ねた》まれているんじゃないのか？

もしや――この世界のエルフは。

ある可能性に思い至り、俺は慎重に尋《たず》ねる。下手《へた》したらかなり失礼な訊《き》き方になってしまう。

「その、エルフと儀式すると……何か不都合があるんですか……？」

ルルゥさんはきょとんとして、

「不都合というか……え、できますか？　私、顔も小さいし、腰も細いうえに、胸もこんなに大きいんですけど……うう、自分で言ってて惨《みじ》めになります……やっぱり布を被るしか……」

自慢か？

いや、そういう感じじゃない。しかし要領を得ない。

もう仕方ない。直球で訊いてしまおう。

「えーと、その、大変失礼なんですが」

「は、はい……」

「エルフの方とすると、その、病気が感染《うつ》る、みたいな……？」

ぽかん、とするルルゥさん。

慌てて首を振った。横に。

「そ、それはありません！　私、生娘《きむすめ》ですから!!　二〇〇年生きてますけど、処女ですから!!」

血涙《けつるい》を流しながら!?

「生娘、処女、バージンなんです！　今年で二一九歳になるのに！　まだ男の人とえっちしたことないんです！　ちゃんと処女膜も残ってます！　オナニーするときも玩具《ディルドー》使わないで我慢してるんです！　おもちゃじゃなく、本物のおちんちんで処女膜を破く時のために！　ソトだけでイってるんです!!　中イキしてみたいのに!!」

「もういいですごめんなさいそれ以上喋《しゃべ》らないでください！　失礼しました!!」

「い、いえ……」

はぁはぁと肩で息をする俺とルルゥさん。とんでもない地雷を踏んでしまったようだ……。

いや、失礼な質問をした俺が悪いが……。

「エルフと儀式したと、周囲に知られたら……いえ、確実に知られます。もしそうなったら、」

ルルゥさんは躊躇《ためら》いがちに、理由を話す。

「マコト様にご迷惑がかかってしまいます……」

なるほど……。

彼女は俺のことを心配してくれたらしい。それなのに性病を疑ってしまったことを、俺は反省する。

そして前世の出来事を思い出す。

クラスでイジメられている子を助ければ、次にイジメを受けるのは自分だ。助けた子がイジメる側に回ってもおかしくない。『空気』ってのはそういうものだ。

そんなのはもうごめんだ。

そんな空気に振り回されるのはもう嫌なのだ。

と、俺はもう、ギルドで決めた。ルルゥさんに声をかけたその時に、決めている。

覚悟はできている。

「俺は気にしません」

「マコト様……」

「同じパーティじゃないですか。エルフの方がどんな扱いを受けてきたのか俺にはわかりません。でも俺は、ルルゥさんを見捨てたりしません」

はっとするルルゥさん。

感極《かんきわ》まったように、口に手を当てて、涙を流す。

「マコト様……！　なんて、なんという……父性……！　パパみを感じます……！」

パパみってなに？　バブみじゃなくて？

「お腹《なか》がきゅんきゅんします……！　子宮が疼《うず》いているのがわかります……！　あっ、ごめんなさい、こんな醜いエルフなのに、私……！」

いきなりエロいことを言いだしたと思ったらまた卑屈になったぞ、この処女ビッチエルフ。

うーん、どう声をかけようかと思ったら、

「醜いエルフって言うの、俺の前では禁止です」

俺の口が勝手に喋《しゃべ》りだした。あ、これ、職業《ジョブ》――俺の中の『僧侶《クレリック》』が勝手に喋ってる。そういうのもあるんだ？

「え……？」

神の使いとなった俺こと僧侶《クレリック》が、儀式を円滑に進めるため、迷える子羊ことルルゥさんに告げる。

「貴女《あなた》は世界一美しい女性です。俺が保証します。だから、さあ、心をさらけ出して。主《しゅ》は何もかもお見通し……。神の前では我らはみな、裸なのですから」

「マコト様……。ああ、僧侶《クレリック》様……」

ルルゥさんの瞳の中にハートマークが見える気がする。

「さぁ——儀式を始めましょう」

言って、俺は服を脱いだ。そうして、彼女を隠す毛布に手をかける。

「あの、マコト様……」

俺の手に触れて、ルルゥさんが言う。

「初めてですから……」

「はい」

「優しく、シますね……？」

はい？

エナジードレインからすっかり回復したらしいルルゥさんは勢いよく毛布を蹴り飛ばすと、上半身裸になった俺をベッドに組み伏せた。

瞬《また》く間《ま》に体《たい》を入れ替えられた。

一瞬で上下が反転した。

上下って言うか……立場？　攻守交替みたいな？

ぺろり、と舌なめずりをして、淫乱処女ビッチ色白爆乳エルフが、俺の股間《こかん》をつつーっと撫でた。

「いただきます♡」

食べられるの、俺の方？

第八話 淫乱処女ビッチ色白爆乳エルフと童貞卒業エッチ。

俺の上に全裸で跨《また》がるエルフのルルゥさんは、

「ふー……。ふー……。ふー……!」

めっちゃ欲情していた。

病的なほどに白い肌が、上気して赤くなっている。それはとても綺麗な裸体だった。

スイカより大きい豊満なおっぱいは、真っ白な雪みたいに綺麗で、しかし重力に負けず乳首をピンと上に立てている。

折れそうなほど細い腰と、安産型ではちきれんばかりに大きなヒップ。

かすかに生えた陰毛と、その奥にあるぴっちり閉じた秘壺《ひつぼ》。そこから、ちゅぷちゅぷと愛液が漏《も》れているのがわかる。俺の腹の上に垂れてきたのか、にゅちゅにゅちゅとした感触がある。

そうして、ルルゥさんは俺を見下ろしている。はぁはぁと息を荒くして、もう我慢できないといった様子で、とろんとした瞳を俺に向けている。えっちしたい、せっくすしたい、とその目が訴えているみたいだった。

控えめに言う。

えっろ。

甘く囁《ささや》いたと思えば、その美貌を近づけてきて、

「マコト様ぁ♡」

ちゅっ♡

と唇を重ねた。

俺のファーストキスだった。ルルゥさんの言葉を信じれば、彼女にとってもこれはファーストキスのはずだった。

初めてのチュウの相手が、めちゃくちゃ可愛いエルフ。最高の思い出になりそうである。その思い出に上書きするように、ルルゥさんが再びキスをしてくる。

――唇が柔らかいっ……！

はむはむと俺の唇を甘噛みするルルゥさん。その感触がこそばゆくも官能的で、俺の背筋をぞくぞくとさせる。

しかしそれを堪能《たんのう》する前に、ルルゥさんが舌を入れてきた。

ぎこちない動きだった。だがその必死さが逆に可愛かった。彼女の舌が、俺の口の中をねちょねちょと動き回る。俺の歯や歯茎を舐《な》めて、舌を絡《から》ませてくる。

「ぷはっ……はーっ、はーっ、はーっ、はーっ……！」

息が続かなくなって、ルルゥさんが唇を離す。超至近距離に、絶世の美少女がいる。俺の唾《だ》液《えき》を飲み、俺のつばを「つつー」とその唇に橋のように糸を引かせた、ファンタジーのエルフがいる。

「ルルゥさん……」

一分くらいずっとキスをしていた。めっちゃ気持ちよかった。もっとしたいと思った。ルルゥさんもそう思ったらしい。

俺のことを愛《いと》おしそうに見て、また顔を近づける。唇を重ねる。

「マコト様ぁ♡　マコト様ぁ♡　マコト様ぁ♡♡」

キスしながら俺の名前を呼んでくれるルルゥさん。二度、三度と口を離してはくっつけて、何度も何度も初めての口付けを交わす。

そのうち、お互いに何となくわかった。

キスの最中も鼻で息しちゃえばいいよね。

そうすれば、ずっとキスできるよね。

「んちゅう♡」

「はむはむっ♡」

貪《むさぼ》るようにお互いの唇に食い付いた。はふっはふっ、という吐《と》息《いき》が、どちらからも漏《も》れる。

ルルゥさんの唾液を飲まされた。

お返しに俺の唾液も飲ませてやった。舌と舌でお互いの口内をべろんべちょんに舐め合って、歯と歯が何度もぶつかってがちがち言わせて、

俺の舌をルルゥさんの口で全部食べられて、ルルゥさんの舌を俺の口で全部食べて、

お互いの何もかもを知り尽くしたい、彼女の何もかもを食べ尽くしたいと思った。

「はあっ……はぁっ……マコト……様っ……。ああっ、嬉しいっ……嬉しいですっ……。私、殿方とこんな、情熱的なキスができるなんてっ……。夢のようっ……」

「俺も……ルルゥさんみたいな可愛いひととファーストキスできて……すげぇ嬉しいです……」

「まぁ……♡」

ルルゥさんは本当に嬉しそうに微笑んで、俺の両頬に手を添えて、またキスをした。

「ちゅううううう……♡」

そうして唇を離し、俺を潤《うる》んだ瞳で見つめる。

体勢はずっと変わっていない。俺は上半身裸でベッドに寝ており、彼女は全裸で俺の腹の上に跨っている。毛布は床に落ちているっぽい。

エルフにひたすらキスされ続けた、ともいえる。処女にしては、やけに攻めっ気《け》が強いといえうか、情熱的だ。二〇〇年以上も生娘《きむすめ》やってるとそうなるのだろうか。あるいはこの世界のエ

ルフはみんなエロいのか。

少なくとも、いわゆる『大和撫子《やまとなでしこ》』みたいな、男にされるがままなお淑《しと》やかな感じではないらしい。

まあ、エロいのは最高だからどうでもいいんだけど。

そのエロいエルフは、俺の口を犯すのに満足したのか、あるいは口だけじゃ満足できないのか、

「マコト様のここ、とっても熱いです……♡」

と、左手で俺の股間を触った。

正直に言おう。

最初のキスで俺の愚息《ぐそく》はフル勃起《ぼっき》している。

キスがこんなにエロいだなんて知らなかった。キスだけで勃起ってするんだぁ～、とルルゥさんと舌を絡ませながら謎の感動を覚えるほどだ。

そのおっ立ったペニスを、ズボンにテントを張っている俺の愚息を、ルルゥさんが愛おしそうにナデナデしている。

「脱がし……ますね……？」

そう言いながら身体を下の方へ移動させている。許可を得るのでもなく、ただ確認しているだけだった。いちおう訊《き》いておくね、みたいな感じだった。

ルルゥさんはベッドの上を滑るように俺の下半身へ退《さ》がっていくと、ベルトを手際《てぎわ》よく外し、ズボンに手をかけた。ぐっと下に引っ張られて、それに合わせて、俺は腰を浮かせる。ズボンがするすると足から脱がされていく。

女性に服を脱がされると、なんかこう、子供に戻った気分である。

そして脱がした張本人のルルゥさんは、パンツを貫《つらぬ》くかのようにいきり立った俺の愚息を見て、

「うふふ……元気な子……♡」

と指で優しくつついた。

――このエルフほんとエロいなー！　エロフだなー！

「まぁ、マコト様ったら……下着をこんなに濡らしてしまって……」

カウパーでびちょびちょになったパンツを見て、ルルゥさんは俺のことをいやらしく見る。

「男性なのに、えっち、なんですね……♡」

嬉しそうに、妙なことを口にした。男はみんなえっちですけど。ルルゥさんは処女だから知らないのかもしれないな。

ていうか、そんなことどうでもいいです！

「あの、ルルゥさん……俺……」

我慢できなくなって起き上がろうとする俺。

正直、彼女に襲い掛かりたい。あのおっぱいに顔を埋めて、好き放題に揉《も》んで、舐めて、しゃぶりつくしたい。あの腰を撫でて、お尻も触らせてもらって、ぎゅうって抱きしめたい。

それに、いくらなんでも処女の彼女に最初から全部やらせるのはまずい。男の矜持《きょうじ》、責任として、ちゃんと俺がリードしなくては。童貞ですけど。童貞ですけど！

と思ったのだが、

「大丈夫です。私に任せてください。優しくしてあげますからね。さぁ、楽にして」

しかしルルゥさんは優しく俺の肩を押して、再びベッドに寝かせた。

「は、はぁ……」

まあ彼女がそう言うなら任せよう。ぶっちゃけると、ちょっとホッとしている。リードしようとして上手《うま》くできなかったらどうしよう、と不安でもあった。初エッチで失敗する体験談は山ほど知っているのだ。ネットで調べたから。

それにルルゥさんがそういう性格——性癖《せいへき》なのかもしれない。お姉さん体質なのかな？　女性上位がお好きってやつ？

「さぁマコト様……？　パンツ、脱がしちゃいますよ……？　マコト様の恥ずかしいところ、ぜんぶ見せてくださいね……？」

性癖っぽかった。

そう言われると余計に恥ずかしくなるな。これも狙いのうちだろうか。

「ほら……出しちゃいまーす♡」

ルルゥさんは俺の返答も待たず、俺のパンツをずり下ろした。

びぃん、とフル勃起した童貞棒が下着から跳ねるように露《あら》わになった。

「まぁ♡♡♡」

ルルゥさんの満面の笑み。すごい、今日イチ嬉しそうな顔してる。

「これが……殿方のおちんぽなんですね……♡　あぁ……感動です……♡　なんて美しいんでしょう……♡　どくどくとして、びんびんになって……♡　それにこの香り♡　あぁ、たまりませんわ♡」

そして俺の愚息を、まるで仏像かマ○ア像かのように拝んでいる。ごめんなさい、汚い物に対しての比喩《ひゆ》に使ってごめんなさい神様仏様。マ○ア様が見てる。

俺もちょっと頭を上げて下半身を見る。うん、転生して毎日自分でしごいてるけど、相変わらずデカい。生前の倍くらいの長さと太さがある。喩《たと》えるなら五〇〇ミリリットルペットボトルってところだろうか。アレよりちょっと大きいくらい。

あんまりデカいと女性は気持ちよくないって（ネットの）話だけど、実際のところはどうなんだろう。ちなみに金玉もデカい。

そんなイチモツを、ルルゥさんは感激のまなざしで見つめている。おちんぽ、おちんぽ、と呟《つぶや》くその姿は、見た目だけなら夢見る乙女のようだ。実際は、処女ビッチエロフなんだけど。

そのエロフが、俺の肉棒に息を吹きかけた。

「ふぅ……♡」

「はうっ……！」

それだけで、俺の腰が軽く浮いてしまう。なんだ、エルフの吐息は感度が三〇〇〇倍になる効果でもあるのか!?　そう思ってしまうくらい気持ちよかった。

「あらあら♡　マコト様？　息を吹きかけただけでそんなに感じてしまうんですね♡」

「うう……」

恥ずかしい……。このエロフめぇ……。

「あぁ、もうたまりませんわ♡　いただいてしまっても？」

なにを？　と聞く前に、下半身が生温かいモノに包まれた。背筋にぞくぞくと震えが走って、俺は思わず声を上げそうになる。

最高に気持ちよかった。

温かい。風呂の中よりも少しぬるい。

竿《さお》の全体がきゅうっと軽く締め付けられて、傘《カリ》の下側に触れるざらざらとしたモノが、俺の意識を一瞬だけ真っ白にする。

下半身を見る。

ルルゥさんが、俺の愚息を口いっぱいに頬張っている。

フェラチオをしている。

見目麗《みめうるわ》しいエルフが――現代日本じゃどこを探してもお目にかかれないほどの美貌を持ったとびっきりの美少女が、俺の肉棒をしゃぶっている。

――やっば……!!

もうこの光景だけで射精してしまいそうだった。

俺の陰茎《いんけい》が美少女の口に包まれている。

あの綺麗な顔の、あの綺麗な唇で、俺の愚息をしゃぶっている。

俺と言葉を交わし、俺の名前を愛おしく呼び、俺の口腔《こうこう》を余すことなく舐めつくしたあの舌が、俺のペニスをしゃぶっている！

さっきまで散々ねぶりつくしたあの口の中に、俺の肉棒が包まれている。大きすぎて全部は口に入らなかったらしい。竿の中ほどからぱくっと咥《くわ》えているルルゥさんが、上目遣《うわめづか》いで俺を見ながら妖《あや》しく笑って、

「んふ♡　おいひい♡」

感想を述べた。

ちょっとイきかけました。

美少女にペニスしゃぶってもらって「美味《おい》しい」って言われるのがこんなに快感だなんて知りませんでした。

ルルゥさんは一度口を離すと、俺のペニスをその頬ですりすりする。愛玩動物みたいに可愛がる。ちゅっ、ちゅっ、と俺の愚息にキスをしながら、優しく撫で回す。

感嘆《かんたん》と欲情の入り混じったうっとりとした表情で、感嘆のため息をつきながら、俺のペニスを愛している。

「はぁ……なんて立派なんでしょう……♡　私の口淫《こういん》練習用の玩具《おもちゃ》より大きくて太いなんて……♡　それにこの熱さ♡　この味♡　この香り♡　あぁ、これが本物の、おちんぽ、なんですね……♡　ちゅっ♡」

えっろ！

エロフえっろ！

「では、マコト様のおちんぽ♡　いただきますね♡」

とっくに頂かれているのだが、わざわざそう断ってから、ルルゥさんは再び俺の愚息にキスをした。

さっき咥えたのは本当に『我慢できなかった』状態だったみたいで、今度は軽い口付けを続けていく。ちゅっ、ちゅっ、ぺろっ、ぺろっ、と俺のペニスを愛おしそうに舐めていく。

キスをしたとき、彼女の唇をとても柔らかく思ったけど、まさかペニスでも同じことを感じるとは思わなかった。俺の膨張した亀頭に、彼女のふっくらした唇が押し当てられるだけで、とてつもない幸福感を味わってしまう。

そう微笑んだ。

「れろれろぉ♡　んふ、マコト様のおちんぽ、本当に美味しいです♡」

カリを丹念に舐める彼女が、先端からぷくっと出た俺のカウパー汁をちゅっと舐め取って、そう微笑んだ。

「温かくて……とっても太くて、大きくて……いい香りですわ……♡」

自分の唾液でべろんべろんにしながらも、絶えず流れ出すカウパー汁を唇やベロで掬《すく》っては、ため息交じりにそう漏らした。

「タマタマ様もとっても大きい♡　精液たくさん♡　作ってくださいね♡」

俺の袋を、まるで上司か神様のように称《たた》えつつ、ちゅっ♡　とキスをするルルゥさん。睾丸《こうがん》に「様」を付ける風習、初めて聞きました。

「はむっ♡」

そのタマタマ様が美少女エルフの口に含まれる。

ルルゥさんの舌が、金玉の皮を優しく丁寧《ていねい》に舐めていく。まるで舌を使ってワックスをかけるみたいに。

睾丸を、男にとってのいわば心臓部を、他人の口の中に入れられた。薄皮一枚を隔《へだ》てたところで、彼女の舌と歯を感じ取る。若干《じゃっかん》の、ほんの少しの恐怖を覚えたことは否定しない。

だが、それ以上に『保護《あい》されている』安心感がある。

そして同時に、『己《おのれ》の子種汁製造工場を、至高の美少女に舐めさせている』という征服感をも覚える。

——こんな、こんなの味わったら、もう戻れなくなる……！

ぶるぶると震える俺を見上げて、嬉しそうに微笑みながら、ルルゥさんは両方の金玉を愛おしく保護《なめ》しつくした。

それから、竿に沿って舌を「れぇ～」と上昇させていく。その先にあるのは、男が一番感じる部分——カリだ。

「舐めても舐めても、たくさん出てきちゃいますね♡　先走り汁♡　こんなに……こんなに私で感じてくれるなんて♡」

カリに舌を這《は》わせながら、俺のカウパー汁を見て、ルルゥさんは微笑む。「あーん♡」と小さな口を大きく開けて、再び俺のペニスを上から頬張った。そして、

「しほひまふね？」《しごきますね》

「え？」

「じゅぽっ♡　じゅぽっ♡　じゅぽっ♡　じゅぽっ♡　じゅぽっ♡　じゅぽっ♡　じゅぽっ♡

じゅぽっ♡　じゅぽっ♡　じゅぽっ♡　じゅぽっ♡　じゅぽっ♡　じゅぽっ♡　じゅぽっ♡

じゅぽっ♡　じゅぽっ♡　じゅぽっ♡　じゅぽっ♡」

その口を『ひょっとこ』のようにすぼめながら、俺のペニスをしごき始める。

竿がぎゅうっと美少女の口で圧迫される。ヤバい。手でする時より何倍も気持ちいい。そり

ゃそうだ、美少女の柔らかい唇でしごかれてるんだもんな！　ていうか、処女なのに上手すぎない？

カリが唇で押さえ込まれる。ここが最高に気持ちいい。口で圧迫しながら、舌で亀頭をぺろぺろと舐めてくる。これも最高に気持ちいい。いやもう全部最高に気持ちいい。気持ちよすぎて――

「あっ、ヤバいっ、ルルゥさん、出ますっ、出るっ……！」

慌てて彼女の口からペニスを抜こうとしたが、ルルゥさんは俺の下半身にしがみついて離れない。

「はひっ♡　ひぃですよぉっ♡　私のお口の中でっ♡　たくさん出してくださいっ♡　気持ちよく射精しちゃってくださいっ♡　マコト様のねばっこい精液っ♡　私の口の中にたくさんたくさんぶちまけちゃってくださいっ♡　男様《おとこさま》のたくましい子種汁《こだねじる》でっ♡　卑《いや》しい女《メス》の喉奥を好き放題に犯しちゃってくださいっ♡」

俺のペニスをしゃぶりながらエロい単語を連発する。

その言葉に甘えて、俺は彼女の口の中で思いっきり射精した。

「でっ、出るっ――！」

びゅるるるるるるっ!!

「んんん――♡♡♡♡」

生温かい口内に包まれたまま、精液が尿道から飛び出していく。ルルゥさんの望んだ通り、彼女の喉奥に俺の子種汁が注ぎ込まれる。

ルルゥさんは「んくっ♡　んくっ♡」と喉を鳴らして精液を飲んでいる。飲みながら、カリをきゅうっと唇で締め付けて、奥に残った精液も搾《しぼ》り出そうとする。

「ルルゥさん、それ、ヤバいっ……！」

思わず俺の腰が浮く。ルルゥさんに吸引されたペニスの動きに従って。

「んちゅうぅぅぅぅ♡　じゅるるるるっ♡」

ルルゥさんは舌でペニスの先をくるりと巻いて、尿道に残った精液も残さずちゅうちゅうと吸い出していく。

あそこから精液と一緒に魂まで吸い取られそうな感覚がした。ヤバい。エロフのフェラ、マジでヤバい。

「はあっ……ルルゥさんっ……ちょっ……」

「ああ……美味しい……♡」

ルルゥさんは俺の息子から口を離すと、うっとりとした顔で感想を述べた。

「殿方の精液……♡　なんて美味しいんでしょう♡　苦さの中に、ほのかな甘みもあって……。それでいて少しすっぱいような……。喉に粘り着いて、いつまでも私のお口に留《とど》まりたがっているみたい♡」

くちゅくちゅと口の中で味を確かめると、ルルゥさんは「ごっきゅん♡」と俺の精液を嚥下《えんか》した。綺麗な首が上下して、俺の子種汁が彼女の中に入っていくのを想像し、俺はより興奮を覚える。

「はい、マコト様♡　せいえき♡　ぜぇんぶ頂きました♡」

と、口を開けて、口腔《こうこう》に何も入っていないことを俺に見せつけるルルゥさん。後で聞いたが、「精飲《せいいん》した後は口を開けて中を見せる」のが淑女の嗜《たしな》みらしい。

——めちゃくちゃエロい……！

それを見て、俺の愚息は早くも復活、フル勃起した。

ルルゥさんの顔の横に再び立ち上がる俺の分身。

「まあ♡」

彼女は嬉しそうに、

「こんな私で、また興奮してくださったんですね♡　男性なのに、マコト様ったら、いやらしい♡」

そう言って、簡単な呪文を唱え、掌《てのひら》の上に水の球体を生み出した。ベッド脇のテーブルからグラスを取って中に入れ、口の中を洗うように飲み干した。

「マコト様も、お飲みになられますか?」

「は、はい……」

緊張と興奮で喉がカラカラだった俺は頷《うなず》いた。すると、

「では――んちゅ♡」

ルルゥさんはグラスに残った水を口に含み、俺にキスをして口移しで水を飲ませてくる。

「んんっ!?」

美味しい。なんだ、エルフの唾液は浄水効果でもあるのか？　とりあえず精液の味はまったくしなかった。ルルゥさんが俺にキスするために口の中を綺麗にしてくれたおかげだろう。

俺の上に腹這いになった彼女は、ぴったりと身体を密着させたまま、俺の唇を貪り始める。

最初のキスとは少し印象が違った。ルルゥさんが慣れてきているのか、緊張がほぐれたのか、動きに硬さが消えていた。

「マコト様……♡」

耳元で囁かれる。こそばゆい吐息の感覚だけで、俺の愚息がびん、と反応した。

「挿入しても、構いませんか……？」

むしろ挿入したいです俺が！

と言う前に、すでにルルゥさんは俺の愚息をぴたっ♡　とあそこにあてがっていた。

あ、騎乗位なんですね。処女なのに。

俺のかすかな驚きに気付かず、

「ああ――エルフの神よ、感謝します。エルフの私に、まさかこのような機会をくださるなん

て……！」

くにくに、とルルゥさんの綺麗なあそこに、俺の亀頭がキスをしている。いや、ルルゥさん自身が、俺のペニスを握って、自分の秘部に擦《こす》り付けている。

「こんな素敵な男性で処女卒業を迎えられるなんて……！　これほどの幸福はありません……！」

愛おしそうに俺を見下ろして、ルルゥさんはそんなことを言う。ルルゥさんも相当素敵――っていうかエロいです。

俺の上に跨ったエルフが、自身のアソコを指で広げ、俺のモノを迎え入れるように、ゆっくりと腰を下ろしていく。

にゅぷ。

亀頭が、エルフの処女バギナに、入っていった。

――これが、女の人の……！

びりびりと刺激が来る。挿入を拒むように、彼女のアソコがぴっちりと閉じるが、

「ふっあっん♡」

ルルゥさん自身が、強引に挿入させた。

左手でアソコを開き、前かがみになった彼女は右手で自重を支えている。両膝《ひざ》を立てて、俺の肉棒をカリまで迎え入れた。

立てている両膝をゆっくりと下ろして、ペニスの挿入角度と深さを調整している。

「あ、あの、俺が上になりましょうか?」

綺麗な顔が、興奮と痛みに歪《ゆが》むのを見て、俺はそう提案した。

しかしルルゥさんは「え?」と意外そうな顔をして、

「そんな、初めての男性にそんなことさせられませんわ……♡　もし痛かったら言ってくださいね……?」

いや痛いのはそっちじゃないのだろうか。

少なくとも俺はまったく痛くない。愚息は彼女のフェラで濡れていたし、また彼女の秘部から愛液が溢れてくるから、『ローションなしでオナホに突っ込んでみた』ような痛みは皆無だ。温かくて柔らかい人肌のバギナに包まれるのは快感以外の何物でもなかった。

と思う間にも挿入は深くなっていく。

「あっ!　あっ♡　マコト様のおちんぽがっ♡　私の処女膜にっ♡」

嬉しそうな声で、ルルゥさんが叫ぶ。

「んくぅぅうっ♡」

貫《つらぬ》いた、ようだった。亀頭に何か抵抗があったような感じがした。

ルルゥさんは腰を止めずに、さらに挿入を深めてく。

「んんっ……♡　くぅぅ……♡　おっきぃ……♡　でも、入ったぁ♡♡」

苦悶《くもん》のような、愉悦《ゆえつ》のような声を出して、エルフが処女を卒業する。俺のペニスで。

「うぐっ、ルルゥさん……！」

俺もまた、現実に存在するとは思えないような美少女で童貞を捨てた。初めて味わう女のバギナは、どんなオナホよりも窮屈《きゅうくつ》で、温かくて、ぬるぬるしてて、気持ちよかった。

「マコト様ぁ♡」

俺のペニスを半分ほど挿入させたルルゥさんは、俺にしなだれかかってくるように抱き着いてきた。

俺たちは下半身で繋がり合いながら、上半身でもぎゅっと抱き合う。俺の胸で、彼女の豊満なおっぱいがぷにぃっ♡　と潰《つぶ》れる。俺たちはキスをして、舌を絡ませる。

「マコト様ぁ♡　マコト様ぁ♡　マコト様ぁ♡♡」

絶世の美少女エルフが俺の名前を愛おしそうに連呼する。そのたびに、きゅっ♡　きゅっ♡とあそこが締め付けられる感覚がした。

締め付けられている俺の愚息が懸命に訴えている。我慢できない。動かしたい。

「ルルゥさんっ！　俺、動かし……！」

動かしますね、と言おうとしたが、

「はいっ♡　私に、お任せくださいませっ♡」

その前にルルゥさんが腰を浮かせた。俺の首に手を回したまま、俺に身体をくっつけたまま、にゅるぅ～～と腰だけを上げる。

バギナから抜かれる動きで、すぞぞぞっ♡　と、彼女の膣《ちつ》内のヒダヒダが、俺の愚息を全方位から擦《こす》っていく。

──これ、ヤバいっ……！

カリが彼女の膣内《なか》から引き抜かれ、数秒ぶりの冷たい外気に触れて、その温度差を味わい、

──じゅぽんっ♡

ルルゥさんが腰を落とした。俺のペニスが再び彼女の温かいバギナに包まれ、締め付けられる。

「んんっ♡　くぅぅんっ♡」

ぶるぶると、俺の上で官能に震えるルルゥさん。このはちゃめちゃに可愛いエルフが、俺のペニスで感じてるんだと思うと、とてつもなく興奮する。

「んはあっ♡　すごい、ですぅ♡　これがナマのおちんぽ……♡　本物のおちんぽ♡」

ルルゥさんは蕩《とろ》けた顔でそう言うと、ピストンを開始した。

にゅるっ♡　にゅぽっ♡　にゅるるっ♡　にゅぷぷっ♡

「あっ♡　あんっ♡　きもちいいっ♡　きもちいいですぅ♡　んはあっ♡　これっ♡　さいこうですぅ♡」

俺の上で、美少女エルフが、その爆乳をぶるんぶるん揺らしながら、俺のペニスでオナニー

している。

「おちんぽっ♡　ナマのっ♡　おちんぽっ♡　きもちいっ♡　ああんっ♡　もっとっ♡　もっとふかくまでっ♡」

喘《あえ》ぎまくるルルゥさんが、深く腰を落とす。

ぐにっ、と亀頭が何かに潰された。

たぶん、子宮口だと思う。

「んあああああああああっっん♡♡」

ルルゥさんがびくびく震えながら叫んだ。

「ぐぅ……ルルゥさん……！」

このときようやく、俺の愚息が全て、ルルゥさんの膣内に入った。それまでは俺のペニスが長すぎて、半分くらいまでしか入ってなかったのだ。

「んくぅぅぅぅぅぅぅぅぅん♡♡♡」

ぎゅううぅと彼女の膣が締まる。どうやらこの淫乱エルフ、処女喪失セックスで早くもイったらしい。

愚息を丸ごと飲み込んだあそこが、ぐっちゅぐっちゅとうねりながら、喜びに喘いでいる。

「んはぁ♡　マコト様ぁ♡　私っ♡　イっちゃいましたぁ♡」

とろとろに蕩けた瞳で俺を見ながら白状する美少女エロフ。俺は彼女の頬を摑んでキスをした。

「んぷぅ♡　んんむぅ♡　はぁん♡　目の前がっ♡　ちかちかしゅるぅっ♡　イきながらしゅるキス、最高でしゅぅぅ♡」

などと言いながらも、ルルゥさんは再び腰を動かし始める。

「んああっ♡　キスしながらセックス♡　気持ちイイっ♡　イきながらキスして♡　キスしながらまたセックスしてますぅ♡　きもちいい♡　きもちいい♡　セックスきもちいいですぅぅ♡」

ぱんっ♡　ぱんっ♡　ぱんっ♡　ぱんっ♡　ぱんっ♡　ぱんっ♡　ぱんっ♡　と腰を打ち付けるルルゥさん。冒険者だからか、彼女の体力はまるで衰《おとろ》えが見えなかった。

「あっ♡　またイくっ♡　またイキましゅっ♡　マコト様のおちんぽでっ♡　殿方のナマチンポでっ♡　またイキましゅっ♡♡」

俺の上で腰を振りながら、右にカラダを傾け、挿入角度を変えながら、ルルゥさんが喘ぐ。俺のペニスを、自分の気持ちいいところに当てているらしい。俺の亀頭が、ごりごりと、彼女の膣壁《へき》を擦っている。

「ここっ♡　ここしゅごいっ♡　マコト様のっ♡　黒髪の王子様のっ♡　立派なおちんぽでっ♡　私の一番気持ちいいところゴリゴリしゅるのっ♡　あっ♡　だめっ♡　イっちゃいましゅっ♡　イくっ♡　イくっ♡　イくイくイくイくぅっ♡　イっ――ああっ――

——♡♡♡♡♡♡♡♡♡♡♡♡♡♡♡」

　びくびくぅ——！

　弓なりに背中を反《そ》らせるルルゥさん。あっ♡　あっ♡　と痙攣《けいれん》したかと思えば、

「んはぁ♡」

　またも俺に倒れ込んでくる。

「はあっ♡　はあっ♡　マコトっ♡　さまのっ♡　おちんぽぉ♡　すごいですぅ♡　わたしっ♡　またっ♡　イっちゃいましたぁっ♡♡」

　そうして、俺に唇を重ね、ちゅぅう♡　とディープキス。

　ルルゥさんは俺のペニスを抜かずに、そのまま俺の唇を求め続けた。俺にキスをしながら、息を整えている。

「マコト様♡　ありがとうございます♡　こんな私に♡　女の悦《よろこ》びを与えてくださって♡」

　でも——。

　と、少し反省したような顔をして、

「ごめんなさい、私ばかり気持ちよくなってしまって……♡　殿方も、セックスで気持ちよくなると聞きましたが、本当ですか……？」

　何を当たり前のことを。

「えっと、俺も気持ちいいです……。めちゃくちゃ、気持ちいいです……。あとちょっとでイ

っちゃいそうです……」

するとルルゥさんは「あら♡」と、いたずらっぽく笑い、

「マコト様は本当に、えっち♡　ですわね♡」

俺にちゅっ♡　とキスをする。

「理想の殿方ですわ……♡　ああ、私、また我慢できなくなっちゃう♡　でも、だめ、ですね。マコト様が気持ちよくならないと♡」

れろぉ、と俺の顎《あご》を舐めるルルゥさん。

「私、次はちゃんとガマンしますから♡　マコト様が♡　気持ちよくなって♡　射精♡　するまで♡」

ルルゥさんはそう言いながら顔を離し、上体を起こすと、繋がったままの腰をくにくにと回すように動かし始める。あっ、それヤバい、それだけでもうヤバいです。

「うふふ♡　マコト様の感じてる顔♡　とぉっても可愛いです♡」

それから両手で俺の乳首をくりくりっと弄《いじ》り始めた。うおっ、気持ちイイっ!?　こんな快感は初めてだっ――！

ふっ、あっ、と思わず声を出してしまった俺を見て、ルルゥさんが「にたぁ」と笑った。

「あらあら♡　マコト様ったら恥ずかしい声を出して♡　ほんとうに、えっちなんですから♡」

なんとなくやられっぱなしが嫌だったので、俺もルルゥさんのおっぱいに手を触れた。

「ひぃやっ♡」

するると彼女も、思いがけずといった感じで喘ぎ声を上げる。

「あっ♡　もう♡　マコト様ったら♡　そんな♡　胸なんか触ったって♡　仕方ないっ♡　あんっ♡」

「ルルゥさんのおっぱい、大きくて、綺麗で、柔らかくて、最高です」

正直にそう言うと、ルルゥさんは驚いたように目を真ん丸に見開いて、顔を赤くした。

「そ、そんな……。マコト様って、そういうご趣味がありますの……？　はぁんっ♡」

バギナで愚息を飲み込まれながら、たぷたぷと揺れるルルゥさんの巨乳を揉みしだく。最高だ。

「おっぱいは大きい方が好きです」

彼女の真似をして乳首をくりくりと弄ると、「あぁんっ♡　ダメですぅ♡」と身をよじらせた。可愛い。

「変わった♡　ご趣味♡　なんですねっ♡　もうっ♡　私♡　胸は♡　自信ないのにっ♡　そんなこと言われちゃうと♡　本気にしますよっ♡」

少し怒ったような、スネたような素振りを見せつつも、感じちゃうルルゥさんに、俺はもう我慢できなかった。

「んはあっ!?♡」

重みでベッドに沈んでいた腰を上げて、彼女に打ち付けた。

ルルゥさんは涎《よだれ》を垂らしながら、びくびくしている。

「いきなりぃ♡　ダメですぅ♡」

「動かしますね」

今度こそそう告げて、俺は彼女の細い腰を持って、下からばこばこと打ち付ける。

「はぁんっ♡　ああんっ♡　あんっ♡　ひぃんっ♡　んあっ♡　ああっ♡　んくぅんっ♡　マコト様ぁっ♡　マコト様ぁっ♡」

俺が抽送《ちゅうそう》するたびに、爆乳エルフが気持ち良さそうに喘ぐ。

俺も気持ちいいが――少し動きにくいな。

「よいしょっと」

上半身を起き上がらせ、彼女を抱きかかえる。対面座位の形だ。目の前に、喘ぎまくるエルフの顔がある。俺はたまらずキスをする。

「んんっ♡　んんんっ♡」

ルルゥさんを抱きしめつつ、彼女の腰と背中を動かすように導いて、膣内を愚息で円を描くように掻き混ぜる。激しさよりも、密着度を味わえる体位だった。

「これっ♡　なんですかぁっ♡　とってもっ♡　とってもっ♡　きもちいいですぅっ♡」

俺もよくわからない。たぶん、『僧侶《クレリック》』の影響だと思う。よくわからないが気持ちイイことは確かだ。

対面座位で彼女の中を味わった後は、ルルゥさんを抱きしめつつ、ベッドに寝かせる。

上下逆転、攻守交代だ。

彼女を下に、俺が上に。

正常位だ。男が女を組み敷いて、セックスする体位である。

枕にルルゥさんの頭を優しく載《の》せてやると、彼女は「ふぇぇ……？」と快楽と困惑《こんわく》が混じったような目で俺を見る。

「激しくしますね」

キスをしてそう囁いた。

「ふぇ……？」

腰を動かし、愚息がルルゥさんのアソコから抜かれる直前まで引いてから、思い切り突いてやった。

「んきゅうっっ♡」

悲鳴と嬌声《きょうせい》の中間みたいな声を上げ、足をぴーん、と伸ばすルルゥさん。

「にゃに……これぇ……♡」

ふるふると震える彼女の唇を貪る。そのまま、腰を動かした。

ぱんっ♡　ぱんっ♡　ぱんっ♡　ぱんっ♡　ぱんっ♡　ぱんっ♡　ぱんっ♡　ぱんっ♡

「ふにゃっ♡　はぁうんっ♡　ぎゃふっ♡　ふぎゅっ♡　これっ♡　つびゅれりゅっ♡　しきゅうっ♡　つぶれちゃうっ♡」

亀頭が子宮口をガンガン突いているのがわかる。ちょっとやりすぎたかな。

俺は下で苦しそうに喘ぐ彼女に訊《き》いた。

「……痛くありませんか？」

「ふわぁっ♡　ひゃいっ♡　だいじょうぶっ♡　でしゅぅっ♡　これっ♡　しゅっごく♡　きもちいいれすぅ♡♡♡」

大丈夫らしい。

じゃあもう少し激しくするか。

さっき彼女が自分で当てていた「気持ちいい場所」。

そこに向けて角度を調整しつつペニスを挿入すると、

「んぎゅううーーーーーーー♡」

ちゃんと当たったらしい。ルルゥさんが美少女にあるまじき声を上げてくれる。絶頂し続けているのか、膣内が締まったり緩《ゆる》んだりして忙《せわ》しない。ぱくぱくと口を開け閉めする魚のようだ。ルルゥさんも空気を求めて口をぱくぱくさせてるけど。

――こんな可愛い子を気持ちよくさせていると思うと、めちゃくちゃ興奮するな……。

激しい心臓の鼓動と、沸騰しそうなほど熱せられた脳裏の片隅で、冷静な自分がそう判断する。これも僧侶《クレリック》になった影響だろうか。

密着していた体を離して、上半身を起こし、ルルゥさんの綺麗な足首をがっちりと掴んで、股を大きく開かせる。

「あぁん、いやぁ♡　はずかしぃっ♡」

初めて「女性らしい」恥じらいを見た気がする。それに興奮を覚えつつ、俺は腰を打ち付けた。狙いはもちろん、ルルゥさんの弱点だ。

ばちゅんっ♡　ばちゅんっ♡　ばちゅんっ♡　ばちゅんっ♡　ばちゅんっ♡　ばちゅんっ♡

「んきゃぁっ♡　だめですぅ♡　そこぉ♡　きもちっ♡　よしゅぎっ♡　ましゅうう♡　んあぁあっ♡　またイくっ♡　殿方に攻められてイっちゃうっ♡　イっくぅぅぅぅ♡♡♡」

逆エビ状に背を反らすルルゥさん。温かいものを感じると思ったら、潮を吹いていた。すごいな、処女なのに。

かくいう俺もイキそうだ。ルルゥさんの膣内が気持ちよすぎる。イくたびに俺の愚息を締め付けて、射精を促《うなが》してくる。金玉からぐぐぐっと精液が昇ってくるのがわかる。

「ルルゥさん、俺、イきそうです――！」

「は――♡」

そのときのルルゥさんの顔が凄《すご》かった。歓喜に満ち溢れていた。

「はいっ♡♡♡」

何年も、何十年も、何百年もこの瞬間を待っていたかのように。

何年も、何十年も、何百年も待っていたその時がようやく訪れた、とでも言わんばかりに。

歓喜が溢れ出し、その奥から欲情の顔を思い切り見せて、ひたすら嬉しそうに叫ぶ。

「きてぇ♡　きてくだしゃいぃっ♡　私の中にぃっ♡　たくさんっ♡　たくさんっ♡　せいえきっ♡　だしてくだしゃいっ♡　男性のせいえきっ♡　殿方の子種汁っ♡　私の子宮にぜんぶぶちまけてくだしゃいっっ♡♡♡」

膣内射精しろってことか。さすがにそれはマズくないか、とイキそうになりながら思うものの、『大丈夫だ』と脳内で僧侶《クレリック》が言う。儀式での射精は、妊娠しないらしい。マジか。

童貞卒業エッチでこんな美少女エルフの膣内に射精《だ》せるとは、なんて素晴らしいんだこの職業《ジョブ》。

ルルゥさんがその綺麗な足で、俺の腰をがっちりと挟んでくる。『だいしゅきホールド』ってやつか。やっべ、密着度と興奮度がハンパない。

精神的にも物理的にも――心も体も思いっきり求められている感がある。とろとろに蕩けた表情、「だしてぇ、射精してぇ♡」とねだってくる声、足で物理的に拘束された下半身。

もう我慢できない。

ストロークを速め、尿道まで昇ってきた精液を放出する瞬間、

「ああっ♡　きたぁっ♡　私もっ♡　私もイキましゅぅっっ♡」

俺が射精する気配を察したのか、ルルゥさんの膣内がぎゅうっと締まり、そして俺も果てた。

びゅるるるるるる――――――っ！　どびゅるるるるるるるる――――――っ!!

精液を待ち構えるように、ルルゥさんの膣内がさらに締まる。それはまるで、上客を歓待するかのようだった。「お待ちしておりました。どうぞ私の中にお入りください。お気に召すまま蹂躙《じゅうりん》なさいませ♡」と全裸土下座で出迎えてくれるエルフのルルゥさんの幻が見えた。

正直言って、締まりすぎて『射精した』感覚が乏《とぼ》しくなるくらいだ。子宮口にぴったりくっつけすぎたせいか、『出した』という気がしない。ただただ精液を吸われているような感じもする。

あまりの快感に、目の前がばちばちと白く光る。俺は（このときは自覚できなかったが）、口を開いて「おお……」と呻《うめ》いていた。凄まじい射精感だった。エルフに種付けしているという興奮と、とびきりの美少女と初えっちしたという達成感が、俺の中で射精と結びついて快楽の渦を巻いていた。

下で喘いでいる彼女を見る。舌を出して、「あえぇ♡」と呻きながら、びくびくと痙攣していた。美少女がイキ顔を晒《さら》している。俺のペニスでイキ狂っている。

ルルゥさんの膣内《なか》が、ぎゅむぎゅむと蠢《うごめ》いて、更なる射精を促している。人生でイチバン気持ちイイ瞬間だ。俺は、全裸で土下座しているルルゥさんの幻に導かれ、彼女の中に射精を続ける。ルルゥさんのだいしゅきホールド下半身も俺を放そうとはしない。がっちり摑んで、イキ狂いながら最後の一滴まで搾り取ろうとする。

「みゃ……マコト様ぁ♡」

呂律《ろれつ》が回らないながら、ルルゥさんは俺を呼び、両手を広げて、キスをねだった。

俺は彼女に優しくキスをする。

「んん♡　あぁ、どくどく、出てるの、わかりますぅ♡　マコト様ぁ♡　マコト様ぁ♡」

唇を合わせながらも、俺の射精は続いていた。転生してから、愚息の大きさだけでなく、精液の量も半端《はんぱ》なく増えてしまったのだった。

「ルルゥさん、すげぇ、綺麗です……」

「んあっ♡　そんなぁ♡　そんな嬉しいこと、言わないでください♡　あっ、だめっ、気持ちよくてっ♡　またイっちゃいますっ♡　あっん♡」

俺とキスしながら、俺に射精されながら、またびくびくとルルゥさんが痙攣する。

彼女の痙攣が終わったころ、俺の射精もようやく終わった。

――すげぇ出した気がする……。前世の倍くらい出た……。

それでもまだ、ルルゥさんのバギナは痛いくらいに締め付けている。

「はぁ、ん……♡　んちゅ♡　べろぉ♡」

「んん……」

俺たちはキスしたまま、しばらくの間、初エッチの余韻《よいん》を味わっていた。目の前に、まつげが当たる距離に、美少女エルフの青い瞳がある。宝石みたいに綺麗な目、とはこういう瞳を言うのだろう。目だけじゃない。鼻も口も、尖《とが》った耳も、つやつやの金髪も、細い肩も、シミ一つない肌も、ツンと上を向いた乳房も、折れそうな腰も、女性らしい骨盤も、ふっくらとした太ももも、手指の先に至るまで、何もかも綺麗だった。

――こんなかわいい子としたんだ……。

無言で彼女を見つめながら、夢みたいな現実を再認識する。ファンタジーアニメからそのまま出てきたようなエルフ美少女で童貞を捨てた。そのエルフの中には、まだ俺の息子が入ったままだ。

「あっ……♡　マコト様のおちんぽ♡　また大きくなって……♡」

膣内で勃起する肉棒を感じたのか、ルルゥさんが嬉しそうに目を細める。ぺろりと唇を舐めたのはキスしたせいか、それともまたエッチできると思ったからか。

「ルルゥさんが可愛いから……」

歯が浮きそうな台詞《せりふ》を言いつつ、彼女の中から引き抜こうとすると、

「あぁん、ダメですぅ♡　抜いちゃ、だめぇ♡」

再びルルゥさんは俺の腰を両足でがっつりと挟み込んだ。自覚しているのか、その可愛らしい顔の横に人差し指を立てて、

「このまま……もう一回……しませんか？♡」

おずおずとそう提案した。

断る理由はなかった。

ルルゥさんにキスをして、俺はまた、腰を振り始める。

「あっ♡　んんっ♡　マコト様ぁ♡　マコト様ぁ♡　それっ♡　すごくいいですっ♡　そこっ♡　ああっ♡　殿方に攻められるのっ♡　癖《くせ》になりそうですぅっ♡」

それからずっと、彼女は獣のように、喘いでいた。

第九話　どこでもえっち♡

その日は一晩中セックスした。

夜が明けてもまだセックスし続けた。

昼になって、二つの太陽がてっぺんに来た頃、ようやく俺たちはセックスをやめた。

「はあ……はあ……はあ……」

「んあ……♡　あうん……♡」

ベッドの上で絡《から》み合ったまま息を整える獣が二匹。

俺は体を起き上がらせると、汗と愛液まみれになった身体をタオルで拭《ふ》き、ルルゥさんが魔術で出してくれた水を飲む。

開け放った窓から森林の風が入ってくる。火照《ほて》った肉体を冷まされていく感覚が心地よい。

「ふぅ……」

ごくごくと水を飲む。いくら飲んでも足りないくらいだ。勢いよく傾けたグラスの水が口から漏《も》れて、顎《あご》と喉《のど》、そして胸まで垂れていく。

十発は出したかもしれない。前世では考えられないほどの回復力だ。転生したおかげかもしれない。

もっとも、初エッチで興奮していたし、しかも相手が絵に描いたような美少女エルフだったのもあるだろう。

そのエルフさんは、

「ん……♡　マコト様ぁ……♡」

体を起こすと、水を飲むでもなく、俺にしなだれかかってきた。そのままキスをする。このひともすごい体力だ。俺よりも全然疲れてないように見える。最後の方はほとんど騎乗位で腰を振り続けていたというのに。

火照った肌と、形の良い爆乳が俺にぴったりくっついた。それだけでまたムラっとしてしまう。あれだけ抱いた身体なのに、ぜんぜん飽きることがない。エルフヤバい。

僧侶《クレリック》になるとこんな美少女とセックスできるのだ。

役得だった。

めちゃめちゃ気持ちよかった。

女の人の身体って、こんなに柔らかくて、温かくて、安らぐんだな。

と、俺は寄り添ってくるルルゥさんの身体を抱いて、その心地よさを楽しむ。

「あぁん♡」

嬉しそうに喘ぐルルゥさん。ヤバい。またヤりたくなってきた。

愚息がまた勃起《ぼっき》し始める。と同時に――

ぐぅぅぅ……。

俺の腹が鳴った。

「あ……」

恥ずかしい。

ルルゥさんはポカンと俺を見た後、

「あら、確かにずっと何も食べていませんものね」

「で、ですね……」

「では、食事にいたしましょうか」

「はい」

「マコト様は湯浴《ゆあ》みをなさっていてください。私、簡単なものを用意しますね?」

ルルゥさんはそう微笑むと、ベッドから降りて、タオル一枚だけ身体に巻いて、部屋から出ていった。

後ろ姿も綺麗だなぁ……とぼんやり思う俺であった。

☆

ルルゥさんのお家《うち》は、街の防壁の外に広がる、森林の中にある。エルフだから森の中が良いのかもしれない。

二階建てのログハウスだ。俺たちは二階の寝室でひたすら愛し合った。

この世界の生活基盤は魔石と魔術で成り立っている。魔石に魔術を封じ込め、起動させることで、生活を便利にしている。

照明も魔石、調理も魔石、洗濯も魔石、空調にも魔石を使う。魔石があればだいたい何でもできるし、エネルギー源は魔力（＝生命力）だから僻地《へきち》にいても問題ない。こんな森の中でさえ、魔術文明の利器に頼ることができる。

「前世より便利かも……？」

水と火の精霊による奇跡を贅沢《ぜいたく》に使って、俺は汗と汁まみれになった身体を洗っていた。湯浴み――シャワーだって魔石を使えばこの通りだ。小さなノズルから勢いよく温水が噴き出してくる。シャワーヘッドに該当《がいとう》する部位には小さな宝石が付いている。これが魔石だ。

魔力がなければ魔石も使えない。とはいえ、日常に使用する分の魔力量にも不自由する者はほとんどいないようだが。

俺は魔力量もそれなりにある。また、昨日ギルドで職業《ジョブ》を得たことで、飛躍的に増えた。そのうえ、エナジードレインの体質《チート》もあるので、まずもって不足することはない。水もお湯も使い放題だ。水道光熱費がかからない生活、なんて素晴らしいんでしょう。

前世で高級風俗店に行くために極限まで生活費を切り詰めていたことを思い出した。結局、無駄になったけど。

でもまあ、今となってはどうでもよいことだ。あの美少女エルフとエッチできたんだから。しかも話によっては、これから何度でもセックスできるらしいし。

「ぐふ、ぐうふふふうふふ……」

我ながらキモい笑い方だった。

俺が湯浴みを終えると、交代でルルゥさんが浴室に入った。ダイニングテーブルに置かれたミックスジュースは、魔術でキンキンに冷やされている。「好きなだけお飲みください♡」と顔だけひょっこり出したルルゥさんが可愛い。

ジュースは前世のそれより美味《うま》かった。素材の味が活《い》きているのもあるし、なんだろ、なんか魔素《マナ》が感じ取れるっぽい。『空気が美味い』みたいな感覚だ。魔素《マナ》が美味い。

一口飲むと止まらなかった。

ごっきゅごっきゅと飲んでいると、シャワーの音とルルゥさんの鼻歌が聞こえてくる。うわー、エローい。下半身が疼《うず》きます。

湯浴みをするルルゥさんを襲おう――とした自分をありったけの理性で制した。童貞を捨てて調子に乗っているのかもしれない。

「ふぅ――いけない、いけない」

椅子に座って気分を落ち着ける。

唐突に鼻歌が聞こえなくなった。

代わりに、シャワーの音に混じって、妙な声が聞こえてくる。

「……ふっん♡　……あぁん♡　……コト様ぁ♡」

これは、あれか？　オナニー、してるのか？　俺がダイニングにいるのに？　俺のことを思いながら？　俺としたセックスを思い出しながら？　シャワオナってるのか？

うわー、エローい。

俺はほとんど考えなく動いた。パン屋に追い返されたルルゥさんを追いかけたときのように、いやそれ以上に考えなく動いた。

「きゃっ！　ま、マコト様!?」

浴場のカーテンを開けると、シャワーを股間に当てて陰核を弄《いじ》って立ちオナニーしているルルゥさんがいた。俺を見てフリーズしている。神々《こうごう》しいまでに美しい濡れた金髪から水が滴《したた》っている。細く長い指で掻き回された秘部の、かすかに生えた陰毛から愛液が垂れている。破瓜《はか》の赤と、精液の白と、透明な愛液が混ざり合っている。

シャワーが止《や》んだ。

俺を見るのは呆気《あっけ》にとられたこの世のものとは思えない美貌、俺より頭一つ小さい華奢《きゃしゃ》なカラダ、男の俺の手ですら摑み切れない立派な乳房《ちぶさ》、あれだけ掻き回したのに処女のような美しさを保った秘部。

「きゃっ♡」

襲った。

「あっ♡　マコト様ぁ♡　すごいっ♡　すごいですぅ♡　殿方なのにっ♡　こんなところでっ♡　積極的すぎますぅ♡　やぁん♡　男の人にっ♡　襲われるなんてっ♡　逆レイプされるなんてっ♡　私っ♡　夢みたいですぅっ♡　あっ♡　そこっ♡　イっちゃいますっ♡　またイっちゃいますっ♡　お風呂場でっ♡　逆レイプされてっ♡　イっちゃいま――――んあああっ♡♡♡」

立ったまま、前から挿入して射精した。立ったまま、後ろから挿入して射精した。立ったまま、彼女を抱きかかえて挿入して射精した。

たぶんあのミックスジュースは精力増強の効果もあったんだと思う。マカみたいな。

そんなこんなで、浴場で欲情した俺たちは腹が鳴ってもセックスし続けた。風呂から上がって、お互いの身体をタオルで拭きながらセックスした。ルルゥさんにペニスをしゃぶらせながら彼女の髪を拭いた。ルルゥさんのおっぱいを吸いながら髪を拭いてもらった。でも身体を拭いた意味もなくなった。なぜならば、駅弁スタイルで二階まで上がる最中に階段で射精し、ルルゥさんの部屋のベッドに寝かせた彼女が絶頂し、俺にバックで突かれてあんあん喘《あえ》ぎながらルルゥさんがキャビネットの引き出しから取り出した瓶に入った怪《あや》しい液体は前世で言うところのローションで、しかも媚薬《びやく》っぽい効果のあるローションで、それをお互いに塗りたくって記憶が飛ぶほどセックスしまくったので、翌朝は二人とも身体じゅうがべったべたになってしまったからだ。同じくべっとべとになったベッドに足が乗っていて、同じくぬっちゃぬちゃになった床の上で目を覚ました。背中がローションで床に張り付いてべりべり言う。俺の脇ですーすー寝息を立てていたルルゥさんも目を覚まして「マコト様ぁ♡」と愛《いと》おしそうに俺の名を呼んだ。

☆

——で、その翌日の、正午過ぎ。

俺たちは、二日ぶりの食事をとっている。

ルルゥさんが用意してくれた。さすがに腹が減ったのである。俺も彼女も。

俺たちはろくに服も着ないまま、二人でメシを食っている。

ダイニングテーブルに載《の》せられたのは、小麦パンと、やたら大きな卵の目玉焼きと、ぶっとい骨の付いた鶏肉ステーキと、見たこともない葉っぱのスープだ。味付けは塩と胡椒《こしょう》でシンプルだったが、やけに美味かった。腹が減ってるのもあったが、たぶんそう、例によって魔素《マナ》が美味い。

あとでお金を払おう。

というか、パーティに加入したってことになっているが、そのあたりはどうなんだろう。お金の分配とか、クエストとか。

そういう話をしようと思ったのだが、ご飯を食べ終わって、食器を片付けてくれたルルゥさんは、椅子に戻ることなく俺の上に座った。俺が椅子になった。俺にキスをして、流れるように首や胸を吸いながら下へと降りていき、睡眠と食事を済ませてフル勃起している俺の愚息を食後のデザート代わりにぱくっと食べる。

椅子の下で、全裸のエルフが、その巨乳を活かし、俺のペニスを、包み込むように挟んだ。

巨乳エルフのおはようパイズリが始まった。

「うおっ……ルルゥさん、それ、すごいっ……上手《うま》くなってるっ……！」

「うふ♡　マコト様が教えてくださったんじゃないですか♡　私のこんな醜《みにく》い胸でも、マコト様が喜んでくださるなら、とっても嬉しいです♡」

たらー、とよだれを垂らす色白巨乳美少女エルフ。もうこの光景だけでイっちゃいそうです。

「その、醜いって言うの、禁止って、言ったはずです……」

俺の真っ赤な亀頭がひょこりと顔を出す、雪のように白いおっぱいを見て、俺は改めて言った。

ルルゥさんは胸をもっきゅ♡　もっきゅ♡　と上下に動かしながら、

「マコト様はそう仰《おっしゃ》ってくださいますが……客観的に見て、私の胸は……」

豊満な乳房で息子をシゴかれながら、俺は頭の隅で「はて？」と思う。

「きゃ、客観的に見たら、とても美しいのでは……？　んおっ……！」

「……マコト様は僧侶《クレリック》ですから、そう仰ってくれるのでしょうね。でも私は、ずっとそう言われて育ちましたし……。でもこうして、殿方をお慰《なぐさ》めできるのなら、この肥えた脂肪も喜びます」

「うお……気持ちイイっ……いや、肥えた脂肪ってのは確かにそうなんでしょうけど……。でも男としてはその方が嬉しいっていうか……。まあ人によるかもですけど……ンッ!!」

ルルゥさんは俺の言葉に抗議するかのように、俺の息子をイジメてくる。左右の乳房を交互に動かして、執拗《しつよう》にカリを責め立てた。

「殿方はみなさん、大きなお腹、立派な髭《ひげ》、そして小さい胸がお好きじゃないですか？　私なんて――」

あれ？　と違和感の正体に気付いた瞬間、俺は果てた。

びゅるるるるっ、と勢いよく飛んだ精液が、ルルゥさんの美しい顔を白く汚していく。うわぁ……女神みたいに綺麗なエルフに顔射《がんしゃ》するの、背徳感と優越感があってめっちゃ気持ちイイ……。

いや、そうではなく。

「大きな腹に、立派な髭に、小さい胸が好き、ですって？」

ルルゥさんは顔にブッカケられた精液を嫌がるどころか嬉しそうに指で掬《すく》って舐《な》めた。ごっきゅん。

「濃いぃですぅ♡　――えぇ、殿方はそういうものでしょう？　女ももちろん、そういう体型を目指します。でも私は、胸ばかりデブで、お腹も腰も小さいまま……。挙句に髭は生えないし、体毛だって薄いし、顔もこんなですし……。うう、泣けてきます。あっ、おちんぽ様に残った精液、いただきますね♡」

悲しんだと思ったら、俺のペニス汁を見て嬉しそうにむしゃぶりついてくるエロフさん。ちゅーちゅーと幸せそうに精液を吸っています。

「うあ……うお……！　いや、待って、どういう……うほぉっ!?」

ルルゥさんは精液を飲んで生きているのではないかと思うほど俺の分身を飲み干していく。その刺激に俺は精液以外のモノも出そうになって腰が引ける。

「ぷはぁ♡　あぁ、マコト様の精液、なんて美味《おい》しいんでしょう♡」

サキユバスだろうか。

「サキュバスですか？」

「エルフですけど……？」

俺の足元で、口元に精液と陰毛を付けながら首をかしげるルルゥさん。そうですね。エロフですね。

「本当はもっといただきたいんですが……そろそろ『あの子』が帰ってきますので」

口元を拭《ぬぐ》いながら立ち上がり、ルルゥさんはそんなことを口にする。

「あの子？」

はい、とさっきまで精液と陰毛をこびり付かせていたとは思えないほど美しい笑顔で、

「私の相棒です」

「相棒……」

「パーティの相棒です。私たちは二人パーティでしたので」

「あ、パーティ。俺も加入したんですよね」

「ええ！　ようこそ、『双烈《そうれつ》』へ！　歓迎いたしますわ！」

全裸で歓迎された。

「パーティは四人組が鉄板だって聞きましたけど……」

師匠からそう聞いた。テレポートの魔石である転移結晶の上限が四人だから、というのが一番大きな理由らしい。

「はい。でも私たちはその――この容姿ですので、どこも入れてもらえませんし、誰にも入ってもらえないのです。醜い私たちと一緒にいると、色々と不都合ですから……」

悲しそうに身を捩《よじ》るルルゥさん。大きくて綺麗な胸と、こちらも大きくて綺麗なお尻を、恥ずかしがるというよりは、情けない素振りで手で隠す。

あ、これだ。この違和感。

出逢《であ》った時からずっと自分のことを『醜い』と卑下《ひげ》するルルゥさん。

エルフという、差別されている種族だからかとも思ったが……。

「ですから、マコト様に加入いただけて、本当に嬉しいです！　僧侶《クレリック》である、マコト様に！」

でも、とルルゥさんは悲しそうに、

「マコト様はご存じなかったようですが、僧侶《クレリック》は、そのパーティ全員の女と儀式をするのです」

「この二日間でやったこと、ですよね」

「はい♡」

両手を胸の前で組んで嬉しそうに微笑むルルゥさん。可愛いなぁ。ぜんぜん醜くないいんだけどなぁ。

「それで、私のパーティは、私とあと一人。二人組なのですが……その……」

「言いにくそうに、どうしたんですか？」

「もう一人も……私と同じような……醜女《しこめ》で……。いえ、私よりは美人なんですが！」

「しこめ……？」

「彼女は私と違って人間《ヒューム》ですから、私よりは美人です」

「いや、ルルゥさんも美人ですよ、とびきり」

「もう……マコト様はお優しすぎます……。でも、時に、優しすぎるお言葉は、ひとを傷付けたりもするんですよ……？」

責めるような目で俺を見るルルゥさん。

「セックス——儀式の最中は嬉しいです。たとえ嘘でも、そう仰っていただけると、自分を偽《いつわ》れます。でもいつもそう仰られるのは、余計に傷付きます……。あ、いえ、マコト様を責めているわけではなくてですね？　ああ、ごめんなさい、私ったらなんて失礼なことを……！」

わたわたと慌《あわ》てる彼女を見て、

「あ」

ふと、その疑念に気が付いた。

ここへきて、ようやく——俺はその可能性に思い至った。

「俺の故郷だと、エルフは——ルルゥさんみたいなひとは、美人として扱われるんですが……」

「……………はい？」

「ひょっとしてこの国では……いやこの大陸では……そうではない？」

「…………なんですって？」

と、ルルゥさんは俺に詰め寄る。その目に怒りの色と——涙が生まれる。

「何を仰っていますの？　私が美人？　この……手で収まらないくらい大きな胸も？　折れそうなほど細い肩と腕と腰をご覧になって？　歪《いびつ》な曲線を描くこの腰からお尻を——ちゃんと、ちゃんとご覧になってから、そんなことを仰ってください！」

彼女は涙ながらにそう訴えた。愚弄《ぐろう》されたと思っているんだろう。

「ごめんなさい、そんなつもりでは——」

「ほら、ほら！」

「それ、全部、俺の生まれた国だと自慢になるんです」

「…………え？」

「本当です。信じてください。——ほら」

と、俺は自分の息子を指差す。

恥ずかしげもなく、勃起していた。

「ルルゥさんは、俺にとって、とても魅力的なんです。手で収まらないくらい大きな胸も、折れそうなほど細い肩と腕と腰も、女性らしい曲線を描く腰からお尻も」

「女性らしい……？　わ、私が……？」

「はい。とても、美しいと思います」

恥ずかしげもなく、そう伝えた。

「マコト様の、お生まれになったお国では……。故郷のお国では、そうなんですの……？」

もちろん好みの違いはあるが、

「そうです」

「し、信じられません……」

「でも、ほら」

と、いきり立った息子を見せる。

「ルルゥさんの身体を見ると、興奮します」

「………っっ!!」

彼女の顔が真っ赤になった。照れている。可愛い。えっちするときはあんなに痴女《ちじょ》っぽかったひとがいきなり恥ずかしがると大変興奮しますね。

「そ、そんな……そんな都合のいいこと……まさか、まさかそんな……でも、でも……」

ルルゥさんは勃起した俺の息子をちらちら見ながら、自分の頬を両手で覆《おお》って首を横に振る。

「確かに――確かに、マコト様は、僧侶《クレリック》だとしても、そのことを加味しても、それ以上に、私を求めてくださいました……。この肥大した胸も……大変お好みで……おちんぽを挟ませたり……」

「胸は大きければ大きいほど良いと、俺は思います」

異論は認める。これは俺の性癖《せいへき》である。

「…………っっ！　そ、そんな……女の胸は小さいほど良いのに……！」

「俺の国でもそういうひとはいました。でも俺は違います。巨乳派です」

ルルゥさんは「きょ、きょぬう……?」と目を白黒させた。そういう単語自体、この世界にはないのかもしれない。日本でもここ数十年くらいでできた言葉らしいし。

「で、では……お、お尻も……?　お肉、あんまりついてないですよ……?」

困惑《こんわく》したようにお尻に手を這わせながら訊いてくるルルゥさん。

いや、彼女のヒップはぶっちゃけ大きい。しかしこの世界ではこれでも小さいんだろう。街で見かけた女性はみんなお相撲さんみたいなお尻してたしな。

俺は頷《うなず》いた。

「はい、とても魅力的です」

「腰も細いですよ……?」

「大好きです」

「腕も肩も、細いです……」

「大好きです」

「体毛だって薄いです……」

「大好きです」

「肌も、白いです……」

「大好きです」

「か、顔はどうなんですの⁉　私は他の女みたいに、目と目がくっついていませんよ⁉　鼻だってぺちゃっとしてませんし！　顎だって長くありません！　髪もこんなにつやつやで！」

翻訳すると、大きな瞳で、すっと通った鼻すじで、口の位置は芸術的で、髪は金糸《きんし》のような美しさだ。もちろん、

「大好きです」

「そ、そんな……！」

追い詰められたかのようにルルゥさんは、よろよろと後ずさり、泣きそうな、それでいて救われたような、天使と悪魔をいっぺんに見たかのような表情で、

「マコト様は――マコト様は――」

こう言った。

「――――――――――――ブス専、ですの？」

その言い方はどうなんだろう。

☆

「本当に、そんな殿方がいらっしゃるなんて…………」

椅子に座ったルルゥさんが、がっくりと肩を落としている。

「信じられませんわ……。いえ、しかし、『鑑定』魔石の反応は『真』でしたし……」

そう、鑑定魔石なるものまで使われて真偽《しんぎ》を確かめられた。めちゃくちゃ高価で希少なものらしいのに、最後の手段です、どうかお許しください、どうしても信じられないのです、と真顔で迫られて。

その結果、真っ裸《まっぱ》で落胆するルルゥさんが出来上がった。

というか、俺もがっくりと肩を落としていた。まさか異世界に来たと思ったら、こんなことになっているだなんて。

つまり、どうやらこの世界は、『美醜の価値観が逆転している』らしい。

――はぁ。いや、気付くのが遅《おせ》ぇよ、俺……。

己《おのれ》の察しの悪さにがっかりしている。

こういう異世界モノは、日本にいた頃では見たことも聞いたことも読んだこともなかった。

ひょっとしたら存在したのかもしれないが、少なくとも俺の守備範囲内にはなかったのだ。言い訳だが。

道理で「おっさんみたいな女性」が多いはずだ。彼女らは、この世界では美人なのだ。

そしてエルフは『醜さ』ゆえに迫害されている、ということらしい。逆に、オークやゴブリンなどはモテモテなんだそうだ。目の前で肩を落としているルルゥさんがぽつりぽつりと教えてくれた。

ていうか師匠も教えてくれてもいいじゃん、とは思ったが、そうだ、師匠はグリーンモンスターだった。美醜も何もあったもんじゃない。

いやひょっとして、この世界ではアレがイケメンなのかもしれない。ありえる。ちょーありえる。だって見た目、ゴブリンに近いもんな。

ついでにこの世界は、男は非常に数が少なく、『男性である』というだけで尊《とうと》いらしい。また黒髪と黒い瞳は『夜の神』に愛された者とか何とかで人気なんだそうだ。

そして男の数が少ないせいなのか、はたまたそれとは無関係に、女性の方が性欲が盛んらしい。セックスは基本的に女性上位の騎乗位でするものであり、男（っていうかギルド神官）は寝転がったままで非常にタンパク。美醜と一緒に貞操観念も逆転してるっぽい。

道理で、俺みたいなのがモテるわけだ。性欲旺盛《おうせい》で、黒髪で、黒い瞳だもんな。

モテるのは良い。

しかし、肝心の女性があぁでは……。

俺は天を仰《あお》いで、ログハウスの天井を見た。

「まさかこの世界……いやこの大陸が、そうだったなんて……」

ルルゥさんも天を仰いで、ログハウスの天井を見た。

「まさかマコト様がブス専……いや醜女《しこめ》マニアだったなんて……」

その言い換え、たいして変わらなくない？

と、同時に気が付いた。お互いに視線を下ろして、お互いの顔を見やる。


ぜんぜん問題なくね？


だって、僧侶《クレリック》はパーティ専属だからおっさん女子を相手にする必要はないし、俺はルルゥさんとパーティを組んだし、そのルルゥさんは美人だし、お仲間の相棒さんもこの世界で『醜女判定』なら美人ってことになるのでは？

美女と合法的にえっちし放題な状況なのでは？

ルルゥさんとしても、『美男判定』の俺とえっちし放題な状況なのでは？

たぶん彼女も同じことを考えているのだろう。何かに気付いた顔、何かを思案する顔、ぱぁっと嬉しそうな顔、と表情をころころさせている。可愛い。

「ルルゥさん」

「マコト様」

「とりあえず、これからよろしくお願いします」

「とりあえず、これからよろしくエッチしましょう」

よろしくエッチってなんだよ。

エルフがエロフなのも、イメージが逆転したからなのかな……と思った、その時である。

——がちゃり。ばたぁん！

玄関のドアが開いた。それもかなり激しく。

がちゃどん、がちゃどん、と鉄の擦《こす》れる音——足音。いや、走ってくる音。

ダイニングの扉が勢いよく開かれ、

「——きみが『マコト』か」

鉄仮面に全身鎧《よろい》の『騎士』が、俺たちの前に現れた。騎士は、くぐもった声でこう叫ぶ。

「ボクの姉さんに何をしたぁ！」

ガチギレである。

俺は思う。修羅場《しゅらば》かな？

第十話　変態ドM触手鎧ボーイッシュ少女、アーシア・デデスキ。

ボクはアーシア。アーシア・デデスキ。冒険者だ。

職業《ジョブ》は魔法戦士で、レベルは95。最高レベルまであと4つのところにいる。この大陸じゃボクより高レベルの魔法戦士はいない。だからこそS級なんてランクも得ている。えへん。

戦士系の職業《ジョブ》だから当然、パーティの前衛を担当している。

もっとも今は、ボク一人で、比較的簡単なダンジョンを攻略中なんだけど。

相棒である彼女は、現在療養中だ。呪いにかかっているのだ。

ダンジョンの呪い。そう——淫欲《いんよく》の呪いに。

今頃は自分で『慰《なぐさ》めている』最中だろう。ギルド神官が相手にしてくれないから仕方ない。

ボク？　ボクは平気だ。この鎧《よろい》があるから。

この——触手鎧があるから。

中に触手の魔物を封じているんだ。

外側は強固な魔導合金で、内側は触手。

女しか装備できない特殊な防具だ。え、ボクは女です。

身長が一七五センチあるのはまだいい。問題なのは、胸が一〇〇もあるのに、ウエストは五八しかないこと。酷《ひど》いムネデブでしょ？　目だってアーモンドみたいに大きい醜女。どうして皆みたいに目と目が近付いてないんだろ。髭《ひげ》も生えないし。あそこの毛はちょっと濃いけど。

同じパーティのメンバーであり、醜女《しこめ》仲間でもあるルルゥはよく「ナメクジになりたい」ってぼやいてる。気持ちはよくわかるよ、ボクも触手になりたい。それに、もしルルゥがそうなったら嬉しいよね。ナメクジになった彼女にたくさんイジメてほしい。考えただけでゾクゾクするよ♡

話が逸《そ》れた。

この触手鎧なら、呪いを効率的に解除できるんだ。

オナニーするより、よっぽど簡単に解呪《はつさん》できる。触手に犯されるの、気持ちいいからね！

ボクの無駄に肥えたおっぱいも、銅貨みたいな乳輪も、びんびんに立った乳首も、擦《こす》り過ぎて大きくなった陰核も、おもちゃをいっぱい突っ込んで処女なのに処女膜がなくなったアソコも、触手は執拗《しつよう》にねちっこく嫌というほどイジメてくれる。

モンスターに囲まれている最中も、戦士スキルを使って完全防御状態でひたすら殴《なぐ》られている時も、触手はボクをたっぷり犯してくれる。スキル発動中は反動で硬直状態になるからボク自身は動けないのだけど、触手は関係なく動いてボクを死ぬほどイかしてくれる。

大勢のゴブリンにぼこすか殴られながら、腰をびくびく痙攣《けいれん》させて立ったままイっているのがボク。

雑魚《ざこ》モンスターたちがボクの絶叫を聞いて、まるで自分たちの攻撃が通じているんだと錯覚してる。面白い。本当はただ触手責めが気持ちよくて喘《あえ》いでるだけなんだけど。ま、大勢によってたかって殴られるのも気持ちイイんだけどね？

とにもかくにも、敵の攻めにはダメージゼロの無傷。触手の責めには弱点特攻の瀕死《ひんし》状態で、ボクはダンジョン攻略にいそしむ。いや、オナニーだけしてるわけじゃないから、本当だから、ちゃんと攻略してるしあっ♡　ちょっ♡　いまだめっ♡　いまはだめだってばぁ♡　ごめん触手がっ♡　あっ♡　あっあっ♡　んあああっ――♡♡♡

……………。

……………………。


ふぅ。

失礼。

絶頂した。

ルルゥにも触手鎧を貸そうかって言ったんだけど、「……………結構ですわ」と渋い顔をされた。処女膜をなくすのが嫌みたいだ。二三〇年も処女だとこじれちゃうのかもしれない。

「いや違いますわ。あなたがド変態なだけですわ」って反論されたけど。

そうかなぁ。

ルルゥもたいがいだと思うけどなぁ。

ひとしきりイったのでゴブリンたちを薙《な》ぎ払う。一撃で殲滅《せんめつ》した。魔石たくさんゲットだぜ☆

そんなこんなでボス部屋に到着。相手はトロール。ボクより三メートルもデカい。アソコも大きかったら良かったのになぁ。モンスターには生殖機能ってないんだよねぇ。触手くんも責めるだけで種付けはできないし――って、あっ♡　またイくっ♡　ボスの目の前でイくっ♡　トロールのぶっとい棍棒で容赦なくぶん殴られながらそれとはまったく関係なく触手に陰核弄《いじ》られてイくっ♡♡♡

トロールにぼこすか殴られるものの、ボクはびくともしない。いや、ビクビクしかしない。触手の陰核責めで腰が砕けて地面に寝転がってブリッジみたいに仰《の》け反《ぞ》ってビクビクするところにトロールが棍棒を振り下ろしてきたけど、仰け反った背中はそのままでただただ絶叫を上げ続けている。

ボクが絶頂してびくん♡　びくん♡　するのを見て、ボスのトロールが「手ごたえあり」みたいな顔をして喜んでいる。ごめん、キミの攻めはぜんぜん気持ちよくなかった。

「はぁ……とっとと終わらせよっか」

触手くんが賢者タイムですっきりしているうちに倒してしまおう。防御が鉄壁とはいえ、攻撃しないと勝てないからね。ボクは立ち上がった。ゆらり、と長剣を振り上げて、

「【戦技《ジョブ》】──神剛天撃《ゴッド・スマッシュ》」

職業レベル95以上でようやく覚えられる、戦士系最強の攻撃技。

ちなみにこのトロールはレベル10くらいで倒せるので、オーバーキルもいいところだ。跡形もない。

稲妻が落ちたような音がして、ダンジョンが真っ二つに割れた。壁面と地面に、一〇メートルくらいの裂け目ができてしまった。まぁ、ダンジョンはすぐ元通りになるから良いんだけど。

トロール？　衝撃で木っ端《こば》みじんに吹っ飛んだよ。

「あーあ」

端っこに落ちていたトロールの魔石を回収しながら──これ一つで半年は食べていける──大きく裂けた割れ目を見る。

「…………触手じゃなくて、人間のモノも、欲しいなぁ」

ボクのワレメに。

とか言っちゃったのがいけないのかもしれない。

「んあっ⁉♡」

触手の皆さんが、ボクのワレメに極太の触手ペニスを挿入してきた。

「ちょっ♡　いきなりぃ♡　そんな深くぅ♡　あぁんっ♡　だめぇっ♡　だめだってばぁっ♡　魔石っ♡　おとしちゃっ♡　――あぁぁぁぁぁあああああああああ♡♡♡♡♡♡」

イボイボがゴツゴツとグリグリしてモテまくりイキまくりだった。

それからボクは、誰もいないダンジョンの最奥《さいおう》で、触手ペニスにボクの最奥をガンガン突かれて、三時間くらい絶頂し続けた。さすがに死ぬかと思った。


――エルフのルルゥが、僧侶《クレリック》をパーティに加えた。

変な噂を聞いたのは、その帰りだった。

☆

トロールの魔石を換金するためギルドの館に入ると、

「――聞いたかよあの噂」

「ええ、草女《くさめ》が僧侶《クレリック》をパーティに入れたっていう……。しかも男だと……」

片隅でそんなことを話している声を耳にして、ボクは彼女らに近付いた。

「草女って、ルルゥのこと？」

「あ？　そうに決まって——ひっ！」

「アーシア……！　触手鎧の変態女……！」

「誰が草女で、誰が変態だって？」

鉄仮面の内側から睨《にら》み付けてやると、二人は怯《おび》えたように竦《すく》んだ。そうしてバツが悪そうに俯《うつむ》いて、

「い、いや、その……なんでもねぇよ……」

「そ、そうです……なんでもありません……」

「ふーん？」

ボクは怯える二人を見下ろす。被差別対象《エルフ》であるルルゥは言われっぱなしだが、人間《ヒューム》のボクは違う。陰口を叩かれたらちゃんと話をしに行く。

「で、男の僧侶《クレリック》をパーティに入れたって、どういうこと？」

二人は顔を見合わせて、

「あ、アンタ、ルルゥと同じパーティなんだろ？　聞いてないのか？」

「何を？」

「一昨日《おととい》だったかな……。このギルドの館に、久しぶりに男が来たんだよ。冒険者登録のために」

「男のひとが……？」

珍しい。驚いた。この国じゃ、男性は生まれた時からエリートコースを歩むから、だいたいが幼少の頃から教会かギルド、あるいは宮廷に所属している。

それが、ギルドに『冒険者登録』をしに来たというのだ。どこにも属していない野生の男。そんなものは『チタンスライム』より珍しい存在だ。

ボクに事情を話す彼女も、どこか浮ついているようだった。

「歳は十七か十八くらい。黒髪に黒い瞳の、美男子だった。あぁ……カッコよかったなァ……。アタシがもう少し可愛かったらなァ……」

その男性を思い出したのか、うっとりとする彼女。ボクからすれば、彼女も十分可愛い部類に入ると思う。たくましい髭に、立派なお腹《なか》、極めつけに彼女の種族はオークだ。本来なら、ボクのようなブスとは住む世界が違う。きっとギルド神官にも相手をしてもらえるし、何だったら妻の一人になれるかもしれない。

「……………その男のひとが、ルルゥと？」

「そうなんです」

オーク女の隣にいる人間《ヒューム》の女が頷《うなず》いた。彼女も美人だ。鼻はぽっちゃりとして、口も目も小さく、もちろんスタイルも良い。巨腹と巨腕から垣間見《かいまみ》える濃い体毛は、メスのフェロモンをたっぷり放出して、鉄仮面を被《かぶ》っていてもよく香ってくる。ボクもこれだけ美人だったら、とっくに処女卒業できてるんだろうなぁ。いや別に羨《うらや》ましいわけじゃないけど。ほんとに。

ヒューム女が言う。

「ギルド神官にならないかっていう受付の提案を断って、ルルゥのもとへと一直線に歩いたと思ったら、なんと頭を下げて、」

頭を下げた？　男が女に？　信じられない。男性は希少で、尊い存在だ。彼らがいなければ、彼らが奉仕してくれなければ、人類種族《ボクたち》――人間《ヒューム》だけではなく、オークやリザード、エルフやドワーフといった人語を解する者たち――は滅んでしまう。この大陸ではどの国でも、『男である』というだけで貴族と同等の地位にある。

男性がエルフに頭を下げるなんて、国王が平民に頭を下げるようなものだ。信じがたいし、有り得ない。

しかし、それ以上のことを彼女は口にした。

「俺をパーティに加えてくださいって言ったんです！　……聞いてないんですか？」

ヒューム女は探るように僕を見た。

「き、聞いていない……。いや、二日前からルルゥとは別行動で……」

一週間ほど前に、今日とは別の、『ルニヴーファ』という、この国と同じ名を冠する高難易度のダンジョンに挑んだ。

けれど、攻略には失敗した。ボスが強すぎたのだ。

しかもダンジョン内に留《とど》まり過ぎてしまったせいで、淫呪《いんじゅ》を酷く受けてしまった。だからルルゥは休養を取っているはずなのだ。ボクは触手鎧があるから、攻略失敗で失ったリソース（アイテムとか生活費とか）を取り戻すために、比較的簡単なダンジョンへ稼《かせ》ぎにイったのだが。

「でも、ルルゥは……エルフで……」

絞り出すようにボクが言うと、オーク女とヒューム女は口を揃《そろ》えて、

「エルフなのに、男の方から頼んだんだよ」

「エルフなのに、男性の僧侶《クレリック》をパーティに入れたんです」

二人はまるで『許しがたい事実』とばかりに憤慨《ふんがい》した様子で、そう話した。

「…………」

ボクはただ黙って、彼女らの言葉を聞いていた。

☆

とても信じられなかった。二人でボクを騙《だま》してるのかと思った。『鑑定』の魔石を持っていれば使っていただろう。

なにせボクらはよく騙される。

この酷い容姿なのに、戦闘力はずば抜けて高いから、よく詐欺師にカモにされるのだ。

見目麗《みめうるわ》しい殿方から「危険エリアのクエストを代わりに受けてほしい」と微笑まれ、意気揚々《ようよう》とクリアしたら手柄《てがら》を全部横取りされて、挙句の果てにこっちのほうが詐欺師呼ばわりされたこともある。その男は別の国で聖職者だったのだが、国王（もちろん女）を誑《たぶら》かして、酒《しゅ》池肉林《ちにくりん》とか好き放題やって、暗殺されそうになって逃げてきたのだと後で知った。傾国《けいこく》の美男子とか呼ばれてた。

あとは、男性の商人から買った魔術壺がとんだ偽物《にせもの》だったこともある。しかもそいつは、実は女だった。男装していたのだ。許しがたい詐欺女だ。徹底的に追い込んで、笑ったり泣いたりできなくしてやった。

他にもまだまだある。いくら思い出しても尽きることなくどんどん出てくる。ムカつく。でもそれ以上に悲しい。

騙されるたびに、ルルゥはひどく傷付いた。エルフの彼女は人界に未《いま》だに慣れないのか、毎回よく騙される。「今度は本当だと思ったのに」と泣き伏すルルゥの姿はもう見たくない。

ボクは彼女に拾われたのだ。

とある貴族の家に生まれたボクは、五歳のとき、世界の現実を知った。醜い娘の顔を見て、両親ははっきりと言ったのだ。

醜女《ブス》に生きる価値はない。

小さい頃からブサイクだったボクは、忌《い》み子のような扱いを受けた。この世界では容姿が全てだ。父に殴られ、母に怒鳴られ、姉や妹には汚《けが》らわしそうな目で見られ、使用人からも無視された。

ある日、ボクは癇癪《かんしゃく》を起こした。キレた。

覚えたばかりの火炎魔術を使った。蠟燭《ろうそく》に火を灯《とも》す程度の下位魔術のはずだった。しかし、ボクには才能があった。魔術の才能が。

人並み外れた魔力量によって、火炎魔術は大爆発を起こした。屋敷は全焼した。

幸い死人は出なかったけど、忌み子となった決定的な瞬間だった。

結果、いないものとして扱われた。屋敷と一緒に新たに離れが建てられ、そこの地下牢に閉じ込められたのだ。牢屋では魔素《マナ》を遮断されて、魔術も使えなかった。酷いと思う。食事だってまともに貰《もら》えなかった。三日に一度、残飯とも言えないようなゴミを与えられた。エルフの使用人がこっそり渡してくれたパンがなければ、今頃死んでいたと思う。

十歳のとき、家から逃げた。

身分を偽《いつわ》り、ギルドを訪れ、冒険者となった。

そのとき、初心者のボクを拾ってくれたのが、当時すでにS級冒険者だったルルゥだ。それからボクを鍛えてくれた。

人間《ヒューム》でありながら、エルフ並みに醜いボクに同情してくれたのだと思う。パンをこっそりくれたあの使用人みたいに。

それでも構わない。ボクは生まれて初めて居場所を手に入れた。ルルゥがくれたのだ。生きる意味と一緒に。

容姿が全てのこの世界で、ボクたちはS級冒険者として活躍する。ダンジョンを攻略し、モンスターを倒し、〝竜〟に支配された人界を広げる。

世界に貢献するんじゃない。こんな世の中はクソだ。滅んだっていいと思う。

ボクたちは世界に復讐しているんだ。ボクたちを認めない世の中を、容姿が全てのこの世を、武力で認めさせているのだ。

ボクたちがいなければ滅んでしまう、そう人々に思わせる。

自分たちが醜いと蔑《さげす》んだ者たちに頼らなければ生きていけない、そう彼らに思わせることが、ボクの復讐だった。

ルルゥは、「体《てい》よく利用されているだけでは？」とか言うけれど、ボクはそうは思わない。

〝竜〟に襲われ、領土を失いつつある国の王が、ボクらに討伐を依頼する。

容姿が全てのこの世界で、自分より遥《はる》かに美しい者が、醜いボクらに頭を下げる。

こんなに痛快なことはない。

この喜びを、ルルゥは僕に教えてくれた。

私たちは姉妹みたいなものだと、彼女は言った。

ボクもそう思う。

ボクの姉さんを騙す奴を、ボクは絶対に許さない。

だから今回も許すつもりはなかった。ボクに噂を聞かせた彼女らから離れて、真偽を確かめに行く。もし嘘だったら、あの二人は一カ月くらいセックスができない体にしてやる。

そう思って受付へ行ったのだが――

「あ、アーシアさん」

美人受付嬢のラハリタは、ボクの姿を見るとニヤニヤと笑って、

「もう儀式《セックス》しました？」

「ケンカを売っているのか？」

ボクの醜さをこの受付嬢は知っているはずだった。以前、一度だけ鉄仮面を脱いだ時の「うわ…………」というドン引きした声と、汚物を見るような目を、ボクは決して忘れない。

彼女はボクが醜いから鉄仮面に全身鎧を身に着けていると思っているのだろう。いや実際そうなのだが、だからといってこの侮辱は許せない。レベル95の魔法戦士が怒りに任せて全力を出せばこんな街なんて一瞬で吹き飛ぶことを教えてやろうか。

「い、いいえ、そうではなく！」

しかしラハリタは慌てた様子で首を横に振ると、

「ルルゥさんが僧侶《クレリック》をパーティに入れたじゃないですか！　だから羨《うらや》ましいなぁって!!」

「…………あんたまでそんな嘘をつくのか。ギルドも一緒になってボクを騙そうって

いうのか？」

　怒りを抑えることに必死だった。ラハリタもまた、「嘘じゃないですよ！」と必死になって、

「ルルゥさんから聞いていないんですか!?　マコト様と仰《おっしゃ》る美男子が、僧侶《クレリック》として『双烈《そうれつ》』に加わったって！　ほら!!」

と、ギルドのパーティリストを空中に表示し、指をさす。

　確かに、該当《がいとう》する名前がある。しかしだ。

「こんなものまで偽造するなんて、やりすぎじゃないのか？　そんなにボクを騙して楽しいか？」

「偽造じゃないですって！　そんなことしたら私クビになっちゃいます！」

「あんた、ボクになにか恨みでもあるのか？　クビを覚悟でそこまでやるってことは、よほどのことだろ？」

「ないですないです！　信じてください！　──皆さんも、見ましたよね!?　あのマコト様を！」

　ラハリタが、後ろでやり取りを眺めていた他の冒険者たちにそう尋ねると、

「ああ、めちゃくちゃイケメンだったな」

「あんな方がギルド神官でいらしたらよかったのに」

「勿体《もったい》ないわよねぇ。エルフなんかに……っと、なんでもないですぅ」

「ルルゥに会ってくればいいんじゃない？」

比較的、仲の良い——といっても挨拶《あいさつ》を交わす程度だが——冒険者ですら、そう言う。

「…………………わかった」

ボクは全員に向けて、言った。

「もし嘘だったら、許さないからな」

殺すつもりでそう宣言した。ボクは、みんな怯えるかと思った。しかし、そうはならなかった。怯える者も確かにいたが、それ以上に「やれやれ」とあくまでも信じようとしないボクに呆《あき》れる者や、「いいなぁ」と僧侶《クレリック》をパーティに入れたことを羨ましがる者の方が多かった。圧倒的に。

「姉さん……！」

騙しているのではないのか？

では、騙されているのは、ボクではなく、ルルゥ……？

ボクは魔石を交換することも忘れて、ギルドを飛び出した。

姉さんが危ない。いや殺されたりすることは万が一にも有り得ないが、全財産を差し出すことは十分にあり得る。そうして今頃、「私はなんてことを……！　アーシアに合わせる顔がありません。この上は、命をもって償《つぐな》わなければ……！」とナイフを首に突き立てようとしているかもしれない。目に見えるようだった。ナイフの切っ先が、彼女の可哀想なほど細い喉《のど》を突き破って、赤々とした血が床にぽつぽつと――。

「姉さん！」

姉さんが危ない。

急がなければ。

第十一話　美男局《つつもたせ》ではないです。修羅場です。

ルルゥさんの家。

ダイニング。

俺とルルゥさんが全裸のまま「これからよろしく（エッチ）お願いします」と挨拶《あいさつ》を交わしたそのとき、

「ボクの姉さんに何をしたぁ！」

部屋の扉を蹴り破るような勢いで入ってきたデカい騎士が叫んだ。

ガチギレである。すんげぇビビった。ちびりそうだった。小さく「ヒィ」って声が出ちゃった。

「アーシア！　なんて無礼な！」

ルルゥ（全裸）さんが慌《あわ》てて立ち上がり、詰め寄ってくる全身鎧《よろい》の騎士を止める。

「姉さん！　無事だった!?　酷《ひど》いことされてない!?　ていうか何で裸――まさか！」

キッと鉄仮面が俺を見る。

しまった、俺がレイプしたと思われた。

「姉さんを美男局《つつもたせ》にかけたのか！」

かけてない。

「姉さんが二二〇年も処女だっていうことを利用して!!」

「二一九年です！」

そこを訂正するのかルルゥさん。

「いいから聞いてアーシア！　マコト様は私たちのパーティに加入したのです！　専属の僧侶《クレリック》なのですよ！」

「騙《だま》されちゃいけない！　姉さんは人がいいから騙されやすいけど、ボクはそうはいかないぞ！」

と、鉄仮面が俺を見る。俺は全裸のまま椅子に座って硬直状態《ビビリ》だ。完全に『浮気がバレた間《ま》男《おとこ》』である。どうもこの騎士は弟らしいけども。

あれ？　さっきルルゥさん、「相棒は醜女《しこめ》」って言ってなかったっけ？　俺の聞き間違えか？　あ、この弟くんは「相棒」じゃなくて、別のパーティなのかな？

「くっ――やたらカッコいい！　本当にカッコいいけど、男のひとの裸とか初めて見るけど、ボクは騙されないぞ！　何が目的なんだ!!」

俺の裸を見たシスコン鉄仮面は、なぜか怯《ひる》みながらも、俺を糾弾《きゅうだん》する。

ああ、そうか、男が少ないんだった。

ていうか、この鉄仮面は男じゃないの……？　ボクって言ってるけど？

俺が疑問を口にする前に、鉄仮面はまくしたてる。

「お前は何が目的なんだ！」

「目的……？」

「とぼけるな！　お前みたいな男性が、ボクたちのような醜女パーティの僧侶になる……。専属で『儀式』を行うってことだ！　そんな上手《うま》い話を信じると思うのか？　馬鹿にするのも大《たい》概《がい》にしろ！」

「えっ、いや、あの……」

何の話だ？

「何が目的なんだ！　金か？　それともクエスト報酬か？〝竜〟の首か!?」

「ええっと……。俺は師匠に言われてS級パーティに入れと……」

「そら見たことか！　師に命じられて無理やり……」

「でも、ルルゥさんのパーティに入りたいと思ったのは、俺自身です」

「……なに？」

「その、儀式をするとは思わなかったけれど、俺は後悔してません。ルルゥさんを騙そうだなんて、考えてないです」

「信じられんな……」

「大きな誤解があると思うんですが……」

「誤解？」

「俺には、ルルゥさんが醜女には見えません」

「は？」

「むしろ――とても綺麗だと、思います」

「はぁ!?」

「俺は遠い異国からやってきたので、価値観が違うらしいんです」

「はぁぁぁ!?」

信じられないといった声を出す鉄仮面の弟くん。その驚き方、お姉さんに対してめちゃくちゃ失礼じゃないですか……？

ルルゥさんもちょっとムカついているのか、口元がぴくぴくと動いている。

「……アーシア、本当ですよ。マコト様は、私のような容姿が好きなようです。ふふん♪」

それでも平静を装《よそお》って、鉄仮面を諭《さと》した。ちょっと得意げに。まあ可愛い。

「つまり……いわゆるその……」

鉄仮面はルルゥさんを見て、

「ブス専？」

だからその言い方はどうなんだろう。

「それはつまり私のことをブスだと言うのねアーシア？」

ルルゥさん、キレたッ！

「ごめんなさい違います」

鉄仮面が即座に謝罪した。姉は怖いらしい。俺はフォローに入る。

「ルルゥさんが俺のふるさとにいらしたら、さぞモテたと思います」

「なんだその国は！　楽園じゃないか！」

ルルゥさん、ファンタジーの美少女エルフそのまんまだしなぁ。

その彼女が、鉄仮面を叱咤《しった》する。

「いい加減に落ち着きなさいアーシア。マコト様は私を騙してなんかいませんよ」

「ていうか姉さん、なんで裸なの？　まさか本当に美男局《つつもたせ》にひっかかったの？」

「美男局《つつもたせ》ではありませんが……」

ちら、とこちらを見て、

「申し訳ありません、マコト様。事情を説明してまいります」

「はぁ……あの、俺からも話しましょうか……？」

「いいえ、私にお任せください。マコト様は、ご休憩なさってくださいまし。その……また、後のために♡」

と、妖艶《ようえん》に笑いつつルルゥさんは出ていった。いやウソだ、妖艶っていうか、欲情って感じだった。「ウェヒヒ」って感じだった。

また後でヤる気だろうか。

それは願ってもないことですね？

そうして、ルルゥさんは鉄仮面の騎士を連れて出ていった。裸のまま。全裸説得。

第十二話　ボクの処女も卒業させてくださいっ！

扉の向こうから、ルルゥさんとアーシアくんの会話が聞こえてくる。

うん、会話が聞こえてしまう。聞き耳を立てているわけじゃないんだけど、まぁ聞こえてくるのは仕方ないよね。

「姉さん、なにかこう……余裕ができたね」

「え？　そうですか？」

「うん。いつもより……」

「うふふ。バレてしまいましたか。うふふふへへへ」

「いったい何が……？」

「ごほん。あなたには、伝えなければならないでしょう」

「まさか……」

「そのまさかです。私――ルルゥ・ワイルズ・ワードリットは、処女を卒業いたしましたッ！」

「なっ――なんだってぇぇぇぇぇ⁉」

「ふふふ、処女を卒業したのです……！　処女を！　卒業！　したのです！」

「それはつまり――処女を卒業したと⁉」

「ええ、処女を卒業しました」

「セックスを――セックスをしたんだね⁉」

「ええ、セックスをいたしました」

「大事に取っておいた処女膜を、ついに⁉」

「ええ、本物の殿方のおちんぽで、破りました」

「すっごおおおおおおおい‼　やったね姉さま‼」

「そうでしょう、そうでしょう。ああ、私、ついにヤりましたの！」

「おめでとう！　おめでとう‼」

「ありがとう、ありがとうアーシア。私にこんな日が来るなんて……夢にも思いませんでした。

まさかこのエルフ族である私が……処女を……卒業……できるなんてッ……‼」

「うぅ、良かった……！　良かった……！　姉さん、良かったよ……！」

「あなたまで泣くことはないんですよ、アーシア。でも――ありがとう」

「だって、姉さん……。エルフに生まれ、数百年もの間ずっと処女で……。もう我慢できずに玩具《おもちゃ》どころか『ダンジョンに落ちてる長い石ころ』や『オスゴブリンの落とした棍棒』で膜を破ろうとしたこともあったあの姉さんが……！」

「それは忘れたい過去なので言わないで？」

「魔素《マナ》も女性器も腐りかけてるのに……」

「まだ腐ってないわよ！」

「良かったね、姉さん！　そうだよ、姉さんは顔や体型はともかく、冒険者としては一流だし、性格だって素敵だ！　頭に布を被《かぶ》れば殿方だって萎《な》えないのになぁ、とボクはずっと思ってたんだ！　信じてたんだよ！」

「あなた私のことそんなふうに思っていたの？」

「でも、あの、聞きにくいんだけど……やっぱり騙《だま》されてるんじゃないの……？」

「ええ、にわかには信じがたいことですが、マコト様とは、目と目を合わせて、愛し合いました」

「目と目を……。すごい……。本当だ……。姉さんの顔を直視できるなんて……」

「あなたさっきからちょいちょい地雷踏んでますわよ？」

「じゃあその、ちんぽだと思ったら実はポーション瓶を突っ込まれただけだった、みたいなオチはないわけだね？」

「ありません。私、この目で、おちんぽ様をまじまじと観察しました。香りだって嗅《か》ぎました。

味もみました」

「舐《な》めたのッ!?」

「ええ――とても、美味、でした」

「美味だったんだぁ～……。あの、それ本当にちんぽだった？　塩漬けにした巨大ナメクジにハチミツをかけたものではなく？　アレだって真っすぐだし、びくんびくん動くし、味も似てるっていうよ？」

「あなた私のことなんだと思ってるの!?」

「エルフだから……」

「エルフですけど！　でもちゃんとシたの！　処女卒業したの！」

「そっかぁ～～～～」

「そうなのです」

「いいなぁぁああああああああああああああああ!!　ボクもおちんちんぺろぺろ舐めたいし、おっぱい吸われたいし、男性とえっちした～～～～～～～～～～い!!」

シスコン騎士はゲイなのだろうか。

このままでは俺、後ろの穴も貞操の危機なのでは？

「ふふ、安心なさい、アーシア」

「うわあ処女卒業したからって余裕なのムカつくぅ～」

「昔からこうですわ。処女卒業は関係ないです」

「処女卒業した姉さんに嫉妬でムカついてます」

「正直ですわね……。ですから安心なさい。マコト様は我ら『双烈《そうれつ》』に加入してくださると仰《おっしゃ》いました。僧侶として」

「えっ⁉⁉」

えっ⁉⁉

「それってつまり――」

それってつまり――？

「そう、あなたも、マコト様と、儀式《えっち》できるのです！」

「いやったぁあああああああああああああああ！　ボクもえっちできるぅぅうううううううううううううううううううう‼」

さーて逃げるか。

あの騎士、姉にしか興味がないシスコンだと思ったら両刀使《バイ》いだったのか。これはヤバいぞ。

俺は異性愛者《ヘテロ》だ。鉄仮面の下がどんな顔か知らないが、たとえ美形だったとしても無理なものは無理だ。たとえめちゃくちゃ可愛い女装をしてたとしても無理だ。俺に『男の娘《コ》』を愛《め》でる性癖《せいへき》はないのだ。ブリジットちゃんでも涼《りょう》ちんでもアストルフォくんでもギリ無理だ。

儀式については知らなかった、ということでパーティは抜けよう。いったんここから脱出だ。

大急ぎでパンツを穿《は》いて窓を開けてうわ暗いな下が見えないけど飛び降りても今の俺なら怪我《けが》なんてしない早くいまのうちにばたぁん！

ドアが壊れるんじゃないかと思うくらいの勢いで開いた。

遅かった。

「先ほどは失礼しましたマコト様！　ボクはアーシア！　姉さんとパーティを組んでいますぇえ同じパーティなんですよぇえ!!　パーティが同じ！　つまり僧侶《クレリック》の貴方《あなた》を共有できるんです!!」

鉄仮面で全身鎧の騎士がずんずんと歩いてくる。鋼《はがね》が擦《こす》れてガッチャガッチャ言いながらこっちに近付いてくる。獲物を絶対に逃さないという意思を感じる。一週間オナ禁した男子高生がクローゼットの隙間《すきま》に隠したエロ本に手を伸ばすような勢いを感じる。

全身が性欲の塊《かたまり》みたいな騎士だった。

オーラが立ち上っているようだった。

無理やりレイプされる女性の気持ちがよぉくわかった。迂闊《うかつ》に男のいる部屋に入ってはいけない。全身から「ヤりたい」オーラ全開の男に迫られるのはマジで怖い。

迫力に呑まれて窓枠に足をかけたところで硬直してしまった俺の腕を、鉄仮面のシスコン野郎アーシアが摑む。

「えっ、ごめっ、おれ男はちょっ」

言い訳する暇《ひま》もあればこそ。

「マコト様はブス専なんですよね⁉」

アーシアくんが鉄仮面を脱いだ。

「お願いします！　ボクの処女も卒業させてくださいっ！」

栗毛の美少女が、そこにいた。

ショートボブの茶髪が跳ねる。瞳は金色で麗《うるわ》しく、整った容姿はシミ一つなく、ちょっと垂れがちな目元が可愛らしい、日本でアイドルやったら頂点《マスター》取れそうなほどの、美少女だった。

え、めっちゃ可愛いじゃん。

「………女の子？」

「そうですが？」

「ちんこ付いてない？」

「付いてませんが？」

「鉄仮面と鎧………」

「え、あっ、はい。その……ボク、こんな醜い顔だし、胸も大きいし、腰も細いし、尻も太ももも垂れるほどには太くなくて、それで恥ずかしくて、隠してるんです……」

　自慢か？

　もじもじするアーシアちゃんは実際可愛いが。

「『ボク』って………」

「男性はすべての女にとって憧《あこが》れの存在ですので……せめて口調だけでもマネできたらと思って……『ボク』と……へ、変ですよね！　ごめんなさい！　わぁ、ボクったら男の人の前でなんて恥ずかしい！」

　ボクっ娘《コ》かァ〜〜〜〜〜〜〜〜〜〜〜〜〜〜〜〜〜〜〜！

　そうきたかァ〜〜〜〜〜〜〜〜〜〜〜〜〜〜〜〜〜〜〜〜〜〜!!!

☆

　俺は感動した。

　ボクっ娘だ。ボクっ娘が本当にいたんだ。全身鎧の男装ボクっ娘は実在したんだ。さすが異世界だぜヒャッホウ！

「えっと……マコト様……？　やっぱりボクみたいな醜女は、相手にしてくれませんか……？」

　ボクっ娘美少女アーシアちゃんが泣きそうな顔で俺を見た。

パンツ一丁で窓枠に足をかけていた俺は、ゆっくりとその足を下ろす。

「そんなことありません」

パンツ一丁で彼女の両肩に手を置き、パンツ一丁で穏やかな笑みを浮かべて、パンツ一丁で
アーシアちゃんの目をじっと見つめる。

「あなたは、とても綺麗です」

「マコト様……！」

僧侶《クレリック》と同調した俺の言葉に、アーシアちゃんは感動したように瞳を潤《うる》ませた。

「やっぱり、ブス専なんですね……！」

うーむ。

「あっ、ごめんなさい……。男のひとの裸をじっと見てしまって……！」

アーシアちゃんは恥ずかしそうに顔を背《そむ》けた。そうか、逆転してるこの世界では、男の裸は、
日本での女体みたいなものなのか。センシティブなのか。一応隠しておくか。

パンツ一丁で胸を隠すポーズを取る俺。エヴ〇十三号機みたいな感じ。

後ろでやり取りを眺めていたルルゥさんがやれやれとため息をつく。

「アーシア、マコト様は疲れておいでです。今日はもう……」

「でも姉さんは、さっきまでずっとマコト様と儀式《えっち》してたんでしょ？」

振り返ったアーシアちゃんにそう言われ、ルルゥさんがうっとりと頷《うなず》いた。

「ええ、それはもう、たっぷりと♡」

「ズルい！　ボクも儀式したいー！」

「わがままを言うものではありませんよ。マコト様のお身体に何かあったらどうするのです」

「むぅー」

アーシアちゃんはぷくーと頬を膨《ふく》らませる。可愛い。

「それもそっかー……。マコト様、ごめんなさい。ボク、早まっちゃった」

そう言って、俺に謝るアーシアちゃん。素直な良い子だなぁ。

「でも、マコト様は本当にブス専なんですか？　本当に姉さんの裸で欲情できたんですか？」

素直過ぎるのもどうかと思うけど。

ちょっと恥ずかしいけど、ルルゥさんの名誉のためにもちゃんと答える。

「もちろん。欲情っていうか……興奮したよ。ルルゥさんはめちゃくちゃエッチだった」

「まぁ♡　マコト様ったら♡」

「ふーん。へー」

嬉しそうにくねくね動くルルゥさんと、まだ信じられなさそうな目を向けるアーシアちゃん。

「マコト様がブス専だっていうのはわかります。ボクと姉さんの顔を見ても、嫌な顔一つしないし……。っていうかさっきから姉さんの胸ばっかチラチラ見てるし」

チラ見してるのバレてた!?

いやしょうがないじゃん？　すぐそこに巨乳エルフが全裸でいるんだよ？　たぷたぷおっぱい揺らしてるんだよ？　見ちゃうじゃん？

するとアーシアちゃんは、

「でも――ボクの裸を見ても同じことが言えますか？」

意を決したような表情で、そう言ったのだった。

「え？　それは……どういう……？」

全身鎧の女騎士に「我が夫となる者はさらにおぞましきものを見るだろう」とクシ○ナ殿下みたいなことを言われて戸惑《とまど》う俺。

「――」

アーシアちゃんはおもむろに鎧を外していく。まずは肩から、次に腕、足。

「えっ、えっ……あの……？」

うろたえる俺。なぜなら、彼女は鎧の下に何も着ていなかったからだ。下着とかインナーとかなんかも着ていないのだ。

小さな肩、細い腕、むっちりとした太ももが露《あら》わになって、腰部分と、大きな大きな胸鎧も外してしまう。

全裸になった。

おっぱいも、あそこも、丸見えになった。

巨乳グラビアモデル体型だった。一七五センチ？の身長に相応《ふさわ》しく、バストもヒップも非常に大きくて美しい。俺はその見事なプロポーションに欲情するどころか感動している。

しかも隠そうとしない。腰に手を置いて、「さぁ見ろ」と言わんばかりに堂々としている。

そりゃあこれだけ立派なら、羞恥心《はずかしさ》よりも自信が上回るのかもしれない。

だが、

「どうですか？　ボクの醜い身体は」

堂々と裸体を晒《さら》す彼女のその声に、怯《おび》えのような色が混じっていることに、俺は気が付いた。

「ボクも、姉さんと同じくらい――醜女《しこめ》なんです。この無駄に肥えた胸、細くびれた腰、その割に大きくない尻。ほら、ほら、ひどいでしょ？」

俺は言った。口をぽかんと開けて。

「めっちゃ綺麗です……」

「ね？　言った通り、ボクはとても醜――なんて？」

「すっげぇエロいです……」

「え？」

「えろいです……」

「は？　嘘、なんでそんなに凝視《ぎょうし》できるんで――――あ」

と、俺の股間に目を向けるアーシアちゃん。パンツ一丁の股間は、テント一丁になっていた。

勃起《ぼっき》した。

そりゃそうである。長身スリム巨乳美女が目の前で堂々と裸体を晒しているのである。なにか喋《しゃべ》るたびにぷるんぷるんと形の良い乳房《ちぶさ》が揺れているのである。ピンク色の乳首が、立派に天を向いている。ルルゥさんのおっぱいが『長い』のであれば、こちらは『高い』だ。ひたすら重力に逆らって、上へ上へと伸びる塔のようだった。

「あ、あの、そんなに見られては――！」

俺がガン見してたからだろう。アーシアちゃんは急に恥ずかしくなったみたいに、手で胸を隠し、腰を捻《ひね》って、体を俺の視線から遮《さえぎ》った。

――あ、恥ずかしいんだ。

ボクっ娘美少女が、逸《そ》らした顔を赤くする。

「て、てっきり……嫌そうな顔をすると思ったのに……。そ、そんな、サカった表情《かお》で見られたら、さすがにボクも恥ずかしいなって……」

可愛い。

そして俺は反省する。

「ごめん、アーシアちゃん」

「え？」

「俺、勘違いしてた。きみがすごく堂々としていたから、てっきり自分のカラダに自信がある

んだと思ったんだ。でも――本当は逆だった」

　俺は続ける。

「きみは自信がないから、あえて隠そうとせずに、俺に見せたんだよね。俺が本当に、ルルゥさんやアーシアちゃんみたいな肉体が好きかどうかを確認するために」

「あっ……えっと……」

　恥ずかしそうにもじもじするアーシアちゃん。

「そう……です……」

　きっと怖かっただろう。

　自分の自信のない体軀を、出逢ったばかりの他人に――それも異性に晒すのだ。俺ならとてもできない。

　それでも彼女は俺に全裸を見せた。恥ずかしいはずの巨乳や、くびれた腰、綺麗なお尻を俺に晒した。

　その勇気は、すごい。

「アーシアちゃん」

「は、はい」

「きみはとてもすごい」

「あの……いいかげん、恥ずかしいっていうか……」

「きみはとても可愛い」

「ま、マコト様……♡」

「おっほん！」

咳払《せきばら》いしたのはルルゥさん。さっきから半目で俺たちのやり取りを眺めていたルルゥさんだ。

「あ、姉さん。いたの？」

「本気の目で訊《き》いてくるのやめて」

アーシアちゃんは俺に向き直ると、

「じゃあマコト様、ここじゃ姉さんもいますし、ボクの部屋に行きましょう」

ルルゥさんが抗議。

「アーシア、あなたね」

「姉さんは黙ってて。ボクはまだ、マコト様を完全に信用したわけじゃない。それを今から試すから」

「いやあなたそう言ってマコト様を食べるつもりでしょ」

「そ、そんなことないっ！」

はぁ……とため息をつくルルゥさん。諦《あきら》めたよう。

「まぁいいですわ。マコト様、申し訳ありません。不肖の義妹《いもうと》が迷惑をおかけしますが、お許しになっていただけますか？」

「えーと……」

俺はルルゥさんとアーシアちゃんを見て、

――アーシアちゃんに認めてもらうために必要なら、仕方ありません。

「アーシアちゃんとセックスできるなんて最高です」

本音と建て前を間違えた。

まぁいいか。

「ほんとですかうれしいっ！　さっそく行きましょう、マコト様。こっち、二階ですっ！」

アーシアちゃんはうきうきと俺の手を取って二階への階段を上っていく。ぷりぷりのお尻が目の前で揺れる。うわ、全裸の女の子が階段のぼってるのを下から間近で見るの、めっちゃエロいな。

彼女の部屋は、ルルゥさんの部屋とは通路を挟んで向かい側にあった。

扉の前でぴたっと立ち止まるアーシアちゃん。

「どうしたの？」

「えっと、その……男様《おとこさま》をお部屋に招待するの初めてで、緊張しちゃって……」

『おとこさま』とは……。

「ちょっと散らかってるかもしれないんですけど、どうぞ！」

アーシアちゃんは、がちゃりとドアを開ける。

部屋の中を見た。

絶句した。

「…………………………………なにこれ」

アーシアちゃんの部屋は、大人のオモチャだらけだった。

机の上に大小さまざまなディルドーが整然と並べられている。右から左に向かって大きく太くご立派になっていくの、なんだろう、音階みたいだ。汚《きたね》ぇマトリョーシカかよ。

床のマットは何かのシミだらけになっているし、その上にはポーションに似たピンク色の怪《あや》しい液体が入った瓶が転がっている。

ベッドも似たようなもので、ゴルフボール大の球が糸で繋がれてるモノや、縄やロープやら拘束具が散らばっている。その拘束具は縄でベッドの四隅に固定されている。セルフ拘束プレイでも楽しんだかのように。

「えっと……アーシアちゃん……？」

「えへへ、恥ずかしいなぁ、ボク、男様《おとこさま》にお部屋見られて、恥ずかしいなぁ……♡」

アーシアちゃんを振り返ったら、彼女は顔を真っ赤にしてくねくねしている。

「いや恥ずかしいなら隠そうよ……」

「でも、恥ずかしいところ見られるの、気持ちいい……！」

俺の声が聞こえていないのか、アーシアちゃんは恍惚《こうこつ》とした笑みを浮かべてびくんびくんしている。え、怖。

「あの、アーシアちゃん？」

ちょんちょん、と彼女の肩を指でつつくと、

「はぅんっ!? ご、ごめんなさいマコト様！　ボクったら……ちょっとイっちゃいましたぁ……♡」

肩をつつかれただけでイくんかい。

「ささ、どうぞ！　汚いところですが――」

と、俺の背中を押して部屋に入れるアーシアちゃん。後ろから「男様の背中っ……！　さ、さわっちゃったぁ……！」と感極まった声が聞こえてくる。

仕方なく部屋に入り、所在なく立ち尽くしていると、
うねうね、うにょうにょ、ぺたんぺたん。

アーシアちゃんの全身鎧が、ひとりでに動いて、ひとりでに階段を上ってきて、ひとりでに部屋に入ってきた。なにか、変な音が聞こえるのは気のせいだろうか。うにょうにょ、ぺちゃぺちゃって。

「はい触手くんも入って入ってー」

アーシアちゃんは鎧が動くことにまるで不思議がらず、それどころかドアを開けて中に招き入れた。

鎧から、足が出ていた。人間のそれじゃない。強《し》いて言うならタコとかイカとか軟体動物の——触手？

なお、俺はビビっている。

「うぉぉおおおい!?　なに？　なにそれ!?」

反応が遅れたが、めっちゃデカい声を出して仰《の》け反《ぞ》ってしまった。

きょとんとした顔で俺を見たアーシアちゃんが、

「触手鎧ですけど？」

さも当然のように宣《のたま》った。

触手鎧っていうと——アレか。エロい漫画とかゲームである、内側が触手になってる呪いの鎧か。まさかこの世界にもあったとは。……まあ、あるか。この世界、変だもんな。

うねうね、と触手鎧くんは丁寧《ていねい》にお辞儀（？）をしてくれた。破〇神マグちゃんみたいだ……。

「いつも触手くんにレイプしてもらってるんです♡」

嬉しそうに話すな。

「変態じゃん……」

「はうっ♡」

「お姉さまに言われても腹が立つだけなのに、男様《おとこさま》に言われるとすごく興奮しますっ♡」

「ええ……（ドン引き）」

アーシアちゃんは全裸で腰に手を当てて「えっへん」と頷いた。

「ダンジョンの呪いを、触手鎧で解呪《はっさん》してるんです！」

解呪って書いて『はっさん』って読ませるの初めて見たよ。

俺は部屋に散らばる玩具《おもちゃ》（腕より太いディルドーとか、アナルプラグとか）を見渡して、

「この……エグいものたちは……？」

「使ってますよー！　でも触手くんがいるから、最近はぜんぜん使ってないんですけどねー！　えへへっ！」

朗《ほが》らかに笑うな。

「でもマコト様が僧侶《クレリック》としてパーティに入ってくれるなら……もう自分で解呪《はっさん》しなくてもいいですね……？♡」

すり寄ってくるアーシアちゃん。俺は迫力に押されて、後ずさりして、どさっ。

とベッドに座った。

あ、これ、ルルゥさんと同じパターンか？　やっぱりアーシアちゃんも女性上位がお好み？　襲われますかね？

アーシアちゃんは俺の隣に座ると、紅潮した顔で俺を見つめる。とても可愛い。ていうか全

裸エロい。

「マコトさま……」

そう囁《ささや》くと、俺の頬を両手で包み、

「んっ……♡」

怖がるように、キスをした。ちゅっ、と唇同士が触れ合う。

「アーシアちゃん……」

「マコト様、本当に、嫌そうな顔しない……。嬉しい、嬉しいです……」

ぽろり、と涙を流すアーシアちゃん。さっきまでの変態っぷりはどこへ行ったのか。

「もっとキスして、いいですか……？」

「もちろん」

俺が頷《うなず》くと、アーシアちゃんは嬉しそうにはにかんで、小鳥がついばむように、俺にキスをした。

「ん、はむ……♡　んむぅ……♡」

俺の唇を舐め、舌を入れてくるアーシアちゃん。俺もお返しに舌を絡《から》めたら、

「んっ♡　んむっ♡」

彼女は感じたように体を跳ねさせて、自《みずか》らの口内に俺の舌を招き入れる。

――ルルゥさんとは違うな……？

つい三日前まで童貞で、女性経験が一人しかない俺は、キスの好みがひとによってこんなに違うものかと驚いた。ルルゥさんはひたすら攻めてきたが、アーシアちゃんは攻められるのが好きみたいだった。

「ぷはぁ……♡　はあん……♡　はぁっ……はぁっ……♡　マコト様ぁ……♡　ボク、ボクぅ……♡」

唇を離し、俺のことを熱っぽい視線で見つめるアーシアちゃん。目がとろんとしていた。

童貞を捨てたからか、あるいは僧侶《クレリック》になったからか、俺にはわかった。

これは、この目は、ヤってもいい合図だ。女性から「セックスしたい」と要求されている合図だ。

アーシアちゃんはベッドに横になった。

「あのうマコト様……」

少し言いにくそうに、彼女は口にする。

「ボク、こう見えて、変態なんです……」

どう見ても変態ですが……。

「それで……その……男のひとに逆レイプされたいって思ってて……」

ちょっと混乱した。

えーと、この世界は色々逆転してるから、前世基準だと『レイプ願望』があるってことかな。

きっとあちらでいう、『強い女性に無理やり犯されたい男』みたいな性癖《せいへき》なんだろう。

なるほど、変態だ。

「だからその……女のボクがお願いするのは恥ずかしいんですが……」

変態ボクっ娘アーシアちゃんは、俺の下で、お祈りをするように手を組むと、

「ボクのこと……レイプ♡　してください……♡」

欲情しきった瞳で、懇願《こんがん》した。

ぶちっと。

俺の中で何かがキレた。

第十三話 レイプ願望持ちグラビア体型ボーイッシュ美少女を望むままに犯してあげる。

「いやあっ♡　やだぁっ♡　やめてぇっ♡　ぬいてぇっ♡　はなしてぇっ♡♡」

正常位。俺はアーシアちゃんの両腕を摑んで引き寄せながら激しく腰を打ち付ける。彼女の両腕に美乳が挟まれてぷるん♡　ぷるん♡　とスライムみたいに揺れていた。

アーシアちゃんは嫌がる素振りを見せながら、一切の抵抗をしていない。レイプ願望、本当にあったんだなー。

「あっ♡　ああんっ♡　いやぁ、やだぁ♡　ボク、ボク、S級なのにっ♡　レベル95の魔法戦士なのにっ♡　トロールにもオーガにもデビルゲスマログランドキングにも絶対負けないのにっ♡　弱っちい男様に無理やり犯されてるっ♡」

なるほど。自分より格下の相手にレイプされてるシチュエーションに燃えるらしい。ところでデビルゲスマログランドキングってどんなモンスター？

いやそれにしても——弱っちい男と来たか。

エナジードレインを見舞ってやろう。

「えい」

「……えっ⁉　な、なんで――⁉　ひぃあっ♡」

彼女からみるみる力が抜けていく。

俺はアーシアちゃんの両腕を彼女の頭の上に持ってきて、ベッドに押さえ付けた。彼女の望むままに、嗜虐《しぎゃく》的な笑みを浮かべて。

「――誰が弱っちい男だって？」

「ひっ♡　いやっ♡　いやぁ♡」

アーシアちゃんは必死になって――本気で俺の拘束を解こうとするが、かなわない。

「あっ！　ああっ！　ほんとにっ、ほんとに抵抗できないっ♡　ああんっ♡　力強いぃっ♡　ボク、ボク、ほんとに無理やり犯されてるっ♡　男様《おとこさま》にレイプされちゃってるぅぅ♡　これぇぇ♡　これしてほしかったのぉぉ♡　無理やり力ずくでレイプされたかったのぉぉぉ♡♡♡」

しかし嬉しそうだった。俺は彼女の求めるまま、アーシアちゃんをレイプする。乱暴に。

「男にレイプされたいとか、マジで変態だなアーシア！」

ぱんっ！

「はぁんっ♡」

チートスキルで動けなくなったグラビア体系ボクっ娘《コ》美少女のバギナを好き勝手に使う。相手のことなんか一切考えない。俺が気持ちよくなるためだけに使ってやる。しかし——

「あっ♡　いやぁ♡　やだぁ♡　乱暴にしないでぇ♡　気持ちよくなっちゃうからぁ♡　ずるいぃ♡　それっずるぃぃ♡　んあああああああっ♡♡♡」

レイプ願望のあるアーシアちゃんはそれが気持ちいいらしく、ぎゅううっと膣《ちつ》が締まった。

またイったらしい。

「——んはぁっ♡　はぁっ……んっ……♡　ま、マコト様ぁ♡　マコト様ぁ♡　んああっ！　まだだめぇっ♡　イってるからぁ♡　イってるからぁ！♡」

アーシアちゃんがめちゃくちゃ気持ちよさそうに喘《あえ》ぐ。俺は彼女の望むままに言葉をかけてやる。

「うっせぇっ！　無理やりレイプされて気持ちよくなってる女が偉そうなこと言ってんじゃねえっ！」

思い切り突き入れてやると、「んぎひぃぃ♡」と叫んだアーシアちゃんが俺を見ながら、

「それっ、それいいですぅっ！♡　もっと思いっきりっ♡　罵《のの》ってくださいっ♡　ボクのことっ♡　変態なボクのことっ♡　男様《おとこさま》のおちんぽに媚《こ》びる、いやらしいメス犬だって罵ってくださいぃっ♡」

もっと激しいのがいいのか。なら——。

俺は彼女を抱《かか》えて四つん這《ば》いにさせると、バックから無造作に挿入した。

「ひぃぃぃんっ♡♡♡」

背中を反《そ》らせて絶頂するアーシアちゃん。入り口は痛いほど締まり、奥もぎゅむぎゅむと締め付けてくる。

「ああっ♡　お尻っ♡　お尻叩いてくださいぃ♡　力いっぱい叩いてくださいっ♡　無抵抗なボクのお尻にっ♡　マコト様の手形をつけてくださいっ♡　マコト様のオナホ奴隷だって証《あかし》を刻んでくださいっ♡」

オナホ奴隷にするわけじゃなくてパーティの仲間になるんだけどまぁいいか細かいことは！

ぱぁん！

「ひぃっぐぅぅぅぅぅぅ♡♡♡」

めちゃくちゃデカい声で鳴いた。家がびりびり振動するくらいデカい声だった。これがあの全身鎧《よろい》の騎士から出る喘ぎ声かよ。

ぱぁん！　ぱぁん！　ぱぁん!!

「んぐっ♡　ひぐっ♡　んああんっ♡♡」

中がきゅうきゅう締まる。お尻を叩くたびにイっちゃってるみたいだ。すげぇ締め付けだ。

「んああ……おおんっ……♡♡♡」

涎《よだれ》を垂らしながらイキ顔を晒《さら》すレベル95魔法戦士（さっきステータスで見たし自分でも言ってた）。そのデカくて綺麗な尻に、俺の手形が次々と刻まれてる。

この街のギルドで、いやおそらくこの国で、一番強いメスを征服している優越感が、俺の理性を侵していく。

「なに一人で勝手にイってんだよ、魔法戦士様！」

ぱぁん！

「ひぃんっ⁉♡」

「お前は俺のちんぽに奉仕するためにいるんだろ？　てめぇ一人で気持ちよくなってんじゃねぇよ！」

ぱぁん！

俺の口からすらすらと罵倒《ばとう》の文句が出てくる。え、なにこれ。これも僧侶《クレリック》の逆流なの？　僧侶さま、こんなプレイにも対応してるの？

「あはぁんんっ！♡　もっ、申し訳ございません、僧侶《クレリック》さまぁ♡」

「違うだろ、ご主人様だろうがっ‼」

ぱぁん、ぱぁんっ！

「ひぃぃいんっ♡　ごしゅっ♡　ごしゅじんしゃまぁぁあっ♡　もっとぉ♡　もっとぉぉ♡♡」

めちゃくちゃ嬉しそうにヨがり叫ぶアーシアちゃん。

俺は自分のセリフにドン引きしているが、彼女が悦《よろこ》んでるしまぁいいか、と納得する。ほんと僧侶《クレリック》さますごい。

「ごしゅじんしゃまぁっ♡　ごしゅじんしゃまぁぁぁっ♡」

「だからてめぇ一人で気持ちよくなってんじゃねぇメス犬が！　ちったぁイくの我慢しやがれっ！」

ぱぁん、ぱぁん、とケツを叩きながら罵ると、アーシアちゃんは涎を垂らしながら叫んだ。

「ごびゅっ♡　ぼめんなひゃいぃぃぃ♡　気持ちよすぎてっ♡　気持ちよすぎて無理でしゅぅぅ♡」

「変態マゾ女がっ！　謝れっ！　変態でごめんなさいって謝れっ！」

「謝りますぅっ！♡　ごめんなひゃいっ！　ごめんなひゃいっごめんなひゃいっごめんなひゃいっ！　男様にレイプされて悦ぶ変態でごめんなひゃっ――――んあああっ♡♡♡　またイくっ♡　イくイくイくイくイくイっ――くぅぅぅぅ♡♡♡」

弓なりに背中を反らせて痙攣《けいれん》するアーシアちゃん。口がぱくぱくと動いている。

「だから勝手にイってんじゃねぇ!!」

ばちーん！　といい音が鳴った。アーシアちゃんの尻を叩いた音である。

あひぃん！　といい声で鳴いた。アーシアちゃんの悦んだ声である。

まるでロールプレイのように、彼女を汚い言葉で罵っている自分《クレリック》を、冷静な自分《おれ》が観察している。

――イメプレ風俗ってこんな感じだったのかなぁ。

バックでアーシアちゃんにぱんぱん腰を打ち付けながら、彼女の大きなお尻をぱんぱん叩く俺。

「ん……？」

ふと、視界の隅に映るものがあった。ぴん、と俺の中の僧侶《クレリック》が何かを閃《ひらめ》く。

「おい触手、お前もこっち来い」

床に脱ぎ捨てられていた触手鎧を、俺こと僧侶《クレリック》が呼んだ。

触手鎧くんは「うね？」と内側の触手で首を傾けるような仕草をした。可愛い。うねうねと触手を伸ばして、ずりずりとこちらに這い寄ってくる。可愛い。

「ふぇえ……？　触手くん……？♡」

とろんとした瞳で触手くんを見るアーシアちゃん。俺は触手くんに命じる。

「お前、こいつの口を犯してやれ」

俺の提案に、「！」と形を取る触手くん。合点《がってん》承知、と俺には聞こえた。ノリがいいな。

「おいアーシア、これからお前の穴を二つ同時に犯してやる。せいぜい泣いて喜ぶんだな」

「ふぇえっ!?　しょんなっ、しょんなぁぁ！　最高ですぅぅ！」

最高らしかった。

触手くんが、その細い腕を何本もぎゅるぎゅる渦状に巻いて、触手ペニスを作り上げる。

うわ、形えっぐ……。

「ほら、いつも犯してくれてる触手に懇願《こんがん》しろ。俺の前で、はしたなくお願いするんだよ」

「はっはぃぃ♡　触手くぅん、ボクの、ボクのお口、犯してぇ……♡」

「それから謝れ。人間のおチンポの方が気持ちいいですって。触手くんのおチンポじゃ我慢できませんでしたって」

「しょっしょんなぁっ♡　しょんなこと、言えましぇん♡　だってぇ、だってぇ、触手くんはぁ、ボクのこと、いつも慰《なぐさ》めてくれてぇ♡」

「言う通りにしねぇとヤメるぞ?」

と、俺は腰の動きを止めた。彼女の膣から、ゆっくりとペニスを引き抜いていく。

「あっ、あっ！　ごめんなしゃいっ！　抜かないで、抜かないでぇ！　言いましゅっ！　言いましゅからぁぁ！」

アーシアちゃんは焦《あせ》ったようにお尻をふりふり動かして、俺の愚息《ぐそく》を逃がすまいと後ずさりしてくる。必死すぎる。

それから触手鎧を見て、

「触手くん……」

うね？　と触手くんが動いた。

「触手くん♡　ごっ、ごめんなさいっ触手くんっ♡　ボクっ♡　ボクっ♡　やっぱり人間の、男様《おとこさま》のおチンポが気持ちよくてっ♡　もう触手くんのじゃ満足できないのぉ♡」

「いい子だ」

俺は彼女を褒《ほ》めると、亀頭まで引き抜いていたペニスを思い切り突き入れた。

「おひぃぃぃんっ♡　こ、これぇ♡　男様《おとこさま》のおチンポ、最高ぉぉ♡」

びくびくと身体を震わせ、舌を出して、恍惚《こうこつ》の表情で喘ぐアーシアちゃん。

一方、彼女のネトラレ宣言を聞いて、触手くんが怒ったようにぶわぁと腕を広げた。彼（？）はホントにノリがいい。それから触手ペニスを二倍、三倍に膨《ふく》らませていく。

俺は気にせずピストンを再開する。もちろんスパンキングもだ。

「ひぃぃっ♡　怒ってるぅ♡　触手くんがぁ♡　怒ってますぅ♡　男様《おとこさま》にネトラレたボクのことっ♡　怒ってますぅぅ♡」

ぱぁん、ぱぁん、と腰を打ち付ける音と尻を叩く音、そしてアーシアちゃんの叫び声が部屋に響き渡る。

「もっと謝れ。ごめんなさいって謝り続けろ。謝罪レイプされながらアクメしろ！」

「んあぁんっ♡　ごめっ♡　ごめんなさぃぃっ♡　ぼべんなさっ♡　うごっ♡　うぐぅぅぅ!?♡」

アーシアちゃんが喘ぎながら謝ると、触手くんは巨大なペニスを彼女の口の中に突っ込んだ。喉《のど》奥まで使っているようで、アーシアちゃんが窒息しそうになっている。

「おごぼぼぼぉっ!?　ぢっ♡　ぢぬぅっ♡　おばんごとっ♡　おぐぢにっ♡　おぢんぼ♡　づ

っごまれでっ♡　ぢぬぅぅ♡♡♡」

ずぴゅっ♡　どぐっ♡　ごぼぼっ♡　じゅぽぽっ♡　ぐにゅにゅっ♡

ぱぁんっ♡　ぱぁんっ♡　ぱぁんっ♡　ぱぁんっ♡　ぱぁんっ♡　ぱぁんっ♡　ぱぁんっ♡

「イぐっ♡　イぐっ♡　まだイぐっ♡　イぎすぎてっ♡　じぬぅぅぅ♡♡♡」

びくびくーっ！　と何度も背中を弓なりに反らせるアーシアちゃん。形の良いおっぱいがぷるん♡　と震え、それを見逃さなかった触手くんがお椀のような腕を出してぱっくん♡　と吸い付いた。

「ひぃんっ♡　触手っ♡　だめぇっ♡　それだめぇっ♡　男様のおちんぽに突かれながらっ♡　触手レイプされちゃうの気持ちよすぎるぅっ♡　アタマおかしくなっちゃうからぁぁっ♡　だめぇっ♡　もうゆるしてぇっ♡　もう犯さないでぇっ♡　頭なんども真っ白になってりゅのぉぉ♡　男様と触手に二人がかりでレイプされるの気持ちよすぎて死んじゃううぅぅ♡♡♡」

「おらっ！　イけっ！　この変態ドMがっ！　女のくせに情けないド変態肉便器がっ！　お前みたいなクソ変態に触手と男様のおチンポはもったいねぇんだよっ！　わかったら謝りながらイけっ！　俺と触手にレイプされることに感謝しながらイき死ねマゾメスがっ!!」

「ひぃぃぃぃぃんっ♡♡♡　ごべんなさいぃぃっ♡　ありがとうございましゅっ♡　ありがとうございましゅっ♡　こんな変態肉便器のっ♡　あそことおくちを使っていただいてっ♡　イくしか能がない変態ドMマゾメスをっ♡　男様と触手様のたくましいおチンポでレイプしてく

ださってっ♡　ありがとうございましゅぅううう♡♡♡」

ぐっちょぐっちょに泣きながらめちゃくちゃ嬉しそうに喘ぎまくるアーシアちゃん。涙と涎と鼻水と愛液と潮《しお》をぶしゃぶしゃ全身から噴き出して、ばるんばるんと巨乳とお尻を揺らしながら、国一番の美少女戦士が盛大にイき続ける。

触手くんも大層盛り上がっているようで、部屋全体を覆《おお》い尽くさんばかりに膨張し、アーシアちゃんの胸や、いつのまにか尻穴まで責めている。アソコを俺から奪い取ろうとしないのは、主人であるアーシアちゃんを想ってのことだろうか。

俺もそろそろイきそうだ。ロールプレイを楽しむ冷静な俺の思考が、アーシアちゃんを責め立てる僧侶《クレリック》のそれに同調していく。

「おらっ！　てめぇばっかりイきやがって変態マゾメス奴隷がっ！　俺がイきそうだぞ、ちゃんと膣締めろっ！」

「はいいいっ！　来てっ♡　来てっ♡　出してくださいっ♡　射精してくださいっ♡　膣内《なか》にっ♡　膣内《なか》に注いでくださいっ♡　男様の熱い精液っ♡　いやらしくて情けないマゾメス奴隷の変態アソコにっ♡　思い切りぶちまけてくださいっ♡♡♡」

「いいぞっ！　出してやるっ！　中に出してやるッ！」

そうして俺は、とっておきの宣言をする。

「いいか、儀式じゃないぞっ！　これは儀式じゃないぞっ！」

「ふぇっ!?!?♡♡　儀式じゃなかったらぁっ♡　儀式じゃなかったらぁっっ♡♡」

僧侶《クレリック》の儀式では妊娠しない。逆に言えば、儀式の神秘を行使しなければ――『これは儀式である』と俺が認めなければ、孕《はら》む可能性があるということだ。

「そうだ！　妊娠しろっ！　孕めっ！　儀式じゃない、ただのナマセックスで着床《ちゃくしょう》しろっ！　てめぇの情けないマゾメスアソコが悪いんだっ！　反省しろっっ!!」

さっきまでの蕩《とろ》け顔はどこへやら、アーシアちゃんはさぁっと顔を青くして、

「ああっ！　いやぁぁぁっ！　だめぇっ！　妊娠はっ！　妊娠はだめぇっ！　ナマはだめぇ！　ナマで中出しはだめぇっ!!」

思いっきり嫌がる。全力で抵抗する。が、俺がエナジードレインで力を奪っているし、触手くんも彼女の身体をがっちりと摑んで、動きを止めた。

「なんでぇっ!?　触手くんっ！　なんでぇっ！　放してぇ！　放してよぉっ！　妊娠しちゃうっ！　ボクっ！　孕んじゃうよぉっ!!」

「ハッ！　いい気味だな変態女ぁ！　おらっ、出すぞっ！　出すぞぉぉっ！」

「いやああっ！　やめてぇぇぇ！　中はっ！　膣内はだめぇぇっ！　儀式じゃない生えっちはだめなのおぉぉぉぉっ！」

「締めやがってっ！　うおおおっ、出るッッ!!」

どびゅるっるるるうるるるうるる――――っ！

「いっ――――――いやぁぁあああああああああああああああああっ!!♡♡♡」

アーシアちゃんが泣いて絶叫した。

が、その語尾に少しだけ嬉しそうな響きがあるのを俺は聞き逃さなかった。

あー、やっぱり嬉しいんだな……。儀式《ひにん》なしの、妊娠するかもしれないっていう恐怖感が合わさった、マジレイプ……。

「ああっ……出てるぅ……精液っ……出てるぅ……♡」

びくんびくんっ、とあれだけ嫌がったナマ中出しレイプでイっちゃってるアーシアちゃん。

すんげぇ気持ち良さそう。

彼女の膣内が、俺の精液を一滴も逃すまいとぎゅむぎゅむと蠢《うごめ》く。こっちもすんげぇ気持ち良い。金玉が空っぽになるまで出そう。

「んあっ……まだ……出てるぅ……♡　ボク……男のひとに……無理やりレイプされて……中出しされちゃったぁ……♡　初体験が……強姦……♡　初めてのセックスで、無許可膣内射精……♡　夢みたい……♡　夢が叶《かな》っちゃったよぉ……♡」

アーシアちゃんが蕩け顔でそんなことを口にする。それから俺の方を目だけで見上げ、

「んあっ♡　マコト様ぁ♡　とっても♡　気持ちよかったですぅ♡　特に最後のっ♡　本物の中出しレイプみたいでっ♡　さいっこうでしたぁぁ♡♡♡」

と、感想を述べた。そう、もちろん儀式《ひにん》はしている。ただああいうふうに宣言することで、

彼女がより悦《よろこ》ぶだろうという、僧侶《クレリック》の判断があったのだ。

――マジで悦んでたな……。

「んあっ……♡　男様《おとこさま》が……ここまで激しくしてくれるひとが……いるなんて……♡　マコト様は……最高ですぅ……♡」

ドM的には最高らしい。わからんが、悦んでくれたのでヨシ。俺も気持ちよかったし、ちょっと楽しかったし。

「触手くんも……。最後、ボクのこと拘束してくれて、ありがとね……♡」

アーシアちゃんが相棒にそう告げると、触手くんはうねうね♡　と嬉しそうに彼女へ頬ずりした。可愛い。犬か猫みたい。バター触手《けん》かな？

「でも、マコトさま……♡　まだ足りないみたいですね……？」

アーシアちゃんが俺の股間を見て、そう微笑んだ。

ベッドの上でくたっとなる彼女を――重力に負けない乳房や、若くてハリのある健康的な肌、そして綺麗なバギナからごぽぉ♡　と溢《あふ》れ出る白い液体を――見ていたら、愚息が早くも元気を取り戻していた。

「しょーがないなぁ、もう♡」

アーシアちゃんの中性的な顔立ちが、性的な微笑みをつくる。ショートボブなボクっ娘爆乳ドM美少女が、お尻をふりふりさせながら四つん這いでにじり寄ってきて、俺のペニスに「ちゆっ♡」とキスをした。

「はむ……♡　じゅるん……♡　ご主人様のおチンポ様♡　すごくカッコいいっ……♡」

ペニスを口に咥《くわ》えて綺麗に掃除をし、じゅじゅっと尿道に残った精液を吸い取っていく。

「うおっ……アーシアちゃん……」

「んふ♡　ご主人さまぁ……♡」

それから彼女は俺のことを上目遣《うわめづか》いで見ると、

「またボクのこと……レイプ♡　してください♡」

ごろん、とベッドに寝転がり、犬が腹を見せるような――股を大きく広げた格好をして、そうねだった。

「い、嫌だって言っても……やめてって泣き叫んでもっ……♡　ぜったい、ぜったい、止《や》めないでくださいね？　ご主人様……♡」

息を荒らげて、嬉しそうにそうせがむ。自分で言って、自分で興奮しているようだった。

「たくさん、たくさん、犯してください♡　ボクのこと、めちゃくちゃにしてくださいっ♡　ご主人様専用の肉便器にしてくださいっ♡　ご強引に、乱暴に、モノ扱いしてくださいっ♡　ご主人様のぷりぷりの特濃精液を、ボクの無様なアソコに好きなだけ注いでくださいっ♡　ボクのこと――犯し殺してくださいっ♡♡♡」

「しかたねぇな……」

僧侶《おれ》は彼女の望むまま、レイプ魔になりきった。

「ぶっ壊してやるよ、アーシア」

顎《あご》を強く摑んで、彼女の唇に、食らいつくようにキスをして、

「んんん～～～～～～♡♡♡」

それから一晩中、アーシアちゃんをレイプした。

第十四話　美少女二人と迎える朝。

三日後。

朝。

一階のダイニング。

俺は、ルルゥさん、アーシアちゃんと一緒に食卓を囲んでいた。

三人とも半裸だ。俺はパンツ一丁だし、ルルゥさんはスケスケのブラとショーツ、アーシアちゃんはダボダボのTシャツ風と飾り気《け》のないパンツ。

エルフであるルルゥさんの下着姿はまさに妖精、あるいは天女《てんにょ》といった風情《ふぜい》だった。薄い素材のブラジャーは、彼女のピンク色の乳首を薄く透けさせて、ショーツもまた綺麗なバギナを透かせているが、まるで卑猥《ひわい》には見えない。彼女の持つ神々《こうごう》しさが、彫刻品のように思わせるのだった。手を触れることすら躊躇《ためら》われるほどの美しさ。しかしそんな彼女が、昨晩も俺に跨《また》って大きな胸を揺らしながらペニスを肉壺でしごきまくっていた、という事実だけでメシを食いながら勃起《ぼっき》しそうである。した。

ボーイッシュなアーシアちゃんのダボダボTシャツ姿は、『小さいころから幼馴染《おさななじ》みだった彼女が俺にだけ見せるラフな恰好』みたいな趣《おもむき》があって大変グッジョブである。Tシャツのような上衣は、アーシアちゃんほどの巨乳でも隠せないほどダボダボで、ちょっと前かがみになっただけでおっぱいの先っちょがチラチラと見えてしまって大変グッジョブである。面積の多い健康的なパンツは彼女に言わせると「えっちな汁とかマコト様の精液が床に垂れちゃうから♡」必要とのことだ。エロい。大変グッジョブである。

S級パーティ『双烈《そうれつ》』に加入した俺は、あの日からずっと、家から一歩も出ないでセックスしまくっていた。

アーシアちゃんとの初夜を迎えた翌日はまたルルゥさんに襲われ。

その翌日はまたアーシアちゃんを襲うよう、誘い受けされ。

そして今日である。

ご飯が美味《おい》しい。異世界に来て良かったと思うことの一つは、日本と変わらぬメシの美味《うま》さである。

師匠の洞窟で作っていた大猪の鍋とか、野獣の焼肉とか、その辺に生えてる雑草や木の実を煮込んだスープとかでさえも、普通に美味かった。焼いた肉に塩と胡椒《こしょう》を振っただけの、荒っぽい、大雑把《おおざっぱ》な料理なのに、複雑な味を覚えるのだ。素材が良いのもあるだろうが、たぶんカロリーと同時に、魔素《マナ》を体内に吸収しているからだと思う。

ルルゥさんはエルフだからか、作ってくれる料理の素材も植物性のものが多い。バジルとかルッコラに似た薬草料理なのだが、これが実に美味《おい》しい。白い粉をこねて焼いたピザみたいなモノ――いやもうピザでいいか――に載《の》せるのがぴったり合う。窯《かま》も火も魔術でちょろっと簡単に用意できちゃうから、手間暇《てまひま》かけずに美味しいご飯が作れるのであった。

というわけでこのルッコラのピザ美味しい。何枚でも食べられそう。

「うふふ。マコト様も、美味しそうに食べてくださって作り甲斐がありますわ♡」

「ほうでふか?」

口の中でもぐもぐしながら返事をする俺。

アーシアちゃんがパスタを山盛りにしながら、

「姉さんはあんまり食べないしね。ボクも姉さんのごはん好きだよ!」

「ありがとう、アーシア」

にこりと微笑むルルゥさんはマジで女神みたいに綺麗だ。

「それにしても、マコト様の魔術は凄《すご》かったなぁ」

思い出すように言ったアーシアちゃんに、俺は尋《たず》ねる。

「魔術って?」

「あの『力が抜ける』魔術ですよぉ! あんなのボク初めて見ました! お師匠様――イーダ様の魔術なんですか?」

ああ、エナジードレインのことか。

俺は首を横に振った。

「いや、あれは生まれつき持ってた体質みたいなものなんだ。師匠に使い方を指導されたのは間違いないんだけど」

「使い方を？」

「うん。初めてあの魔術《エナジードレイン》を使ったとき、俺は使い方がよくわかってなくて、自分の生命力も吸い尽くしそうになってたんだ」

「自分のを、ですか？　でもそれなら、行ったり来たりで循環して変わらないんじゃ？」

「それがそうでもなくってさ。自分から奪った生命力は、俺に還元されずに放出されちゃうんだ」

黙って聞いていたルルゥさんが口を押さえて、

「まぁ大変！」

俺は苦笑して、

「なんかどんどん苦しくなってたんだけど、師匠に助けられたんだ」

師匠は決して「エナジードレイン」を使えるわけじゃない。だが、似たような魔術は持っているらしく、それと同じ使い方を教えてくれた。

「だから師匠は命の恩人なんだ。そもそも、俺がこっちに来て野垂れ死にそうになったとき助けてくれたのも師匠だしね」

「さすがイーダ様ですわ」

「うん！　それにそんな魔術体質を持ってるマコト様もすごいです！　おかげでボク、ほんとに襲われてるみたいで――興奮しちゃいました♡　えへへへ……♡」

にごぉ、と微笑んでくるアーシアちゃん。なんか目つきがやらしい……。

「私も、マコト様の魔術体質に助けられましたわね。あれがなければ今頃は自刃《じじん》していたでしょう」

そうでしたね……。


「――さて、『呪い』も解けたことですし、参りましょうか」

食事を終えると、ルルゥさんがそう切り出した。

「どこへ？」

「もちろんダンジョンだよ、マコト様。ボクら、これでも大陸最強パーティだからね」

「ええ、我々にしかできない仕事《クエスト》というものがございます」

S級パーティにしかできないような仕事って……そうとうヤバい案件では？

「もしかして、師匠が言ってた『人界の危機』ってやつ……？」

「はい。ダンジョンや危険エリアに棲《す》む、人界に仇《あだ》なす〝竜〟を駆逐《くちく》する、名誉ある依頼」

「依頼主はほとんどが国家で、〝竜〟を倒した者は勇者として崇《あが》められる。ボクたちみたいな醜女《しこめ》でも、人の世で居場所を得られる、そんな依頼」

「それが——『邪竜討伐依頼《ドラゴン・クエスト》』」

なんか聞いたことある名詞だな、と思う一方、生きて帰ってこられるだろうか、とも思う俺だった。

第十五話　いきなり！　ダンジョン第一〇〇層。

「ここが、ルニヴーファ・ダンジョンの、第一〇〇層です」

宇宙にいるかのようだった。

星空の中に、無数の足場が浮いている。足場は透明な橋や階段で繋がっていて、行き来ができるようだ。

そこに現れたのは巨大な〝竜〟。

無数の首と、黒い霧《きり》のような胴体を持った、蛇竜《ヒユドラ》だった。

種族：宙竜。

種別：闇竜。

個体名称：エンシェントドラゴン・宵闇《よいやみ》を抱《かか》えるもの――『ファーヴニル』。

このルニヴーファ王国は、こいつを封印しているから、その名がついた。

数千年前に天から降りてきたこの彗星《すいせい》生物は、星の大気《マナ》に触れると姿を〝竜〟へと変えた。

それが、この星で最も恐れられる存在だったからだ。

当時の勇者たちが命懸《いのちが》けでこの大地に封印し、そしてその上にはダンジョンが生まれた。植物が根を生やすように。封じられた〝竜〟が大地に手を伸ばすかのように。

その封印が解かれようとしている。ダンジョンから這《は》い出るモンスター――〝竜〟の化身《けしん》どもが増え続け、王国は溢《あふ》れ出るモンスターを制御できなくなりつつある。

このままでは遠からず、人界は滅亡するだろう。

だが、誰も気付いていない。

一部のギルド関係者と、S級冒険者パーティ『双烈《そうれつ》』以外は。

ギルドと王国は秘密裏に『双烈』を派遣《はけん》したが、失敗。

『双烈』の二人――ルルゥとアーシアは強烈な『催淫《さいいん》』の呪いを受けた。

二人は、世間の誰も知らないところで、世界を救っている冒険者だった。

もちろん見返りはある。

二人の望みは『僧侶《クレリック》による解呪を受けられるようになる』こと。

その願いは別の形で叶《かな》ったのだが、それはさておき。

催淫の呪いを解くのに一週間余りを費やして――今。

『双烈』と、新たに加わった一人の男が、蛇竜《ヒュドラ》を遥《はる》か遠くから観察していた。

☆

「あー、けっこう大きくなってますわねー」

　体長一〇〇メートルを優に超える巨体を、魔術仕掛けの双眼鏡で眺めながら、ルルゥさんが呑気《のんき》にぼやいた。

「いや、あの、そんな緊急クエストがあるなら、早く来たほうがよかったのでは……？」

　この数日間、めちゃくちゃセックスしてましたけど……？

　しかし俺を振り返ったルルゥさんはきょとんとして、

「解呪に時間がかかったのです。仕方ありませんわ？」

「そ、そうだったんですね……？」

　一発目で解呪できていたような感覚があったのだけど、気のせいだったのかな。

「決して『別にこの国がなくなっても私たちに損はないですわねもうマコト様もいらっしゃいますし』とか思っていませんわ」

　思ってそうだなぁ！

　アーシアちゃんも、

「そうそう。『こんな国、滅べばいいんだ！』とか思ってるけどちゃんと仕事はするよ？」

　思ってたんだ！

　うーん、まぁ、何も言うまい……。国の救世主なのに、国中から差別されてるんだもんなぁ……。

「あの国には隠れエルフがけっこうおりますから。それに、悪いひとばかりじゃないんです」

「ごくまれにいるよね。ボクたちの容姿に拘《かか》わらず普通に接してくれるひと。ほんと一握りだけど」

「そうなんだ……偉いね……」

ルルゥさんがサムズアップ。

「邪竜討伐に成功したら、王国とギルドから百年は遊んで暮らせるだけのお金をふんだくりましょう」

まぁ、それくらいは貰《もら》っていいと思う。

アーシアちゃんが首を捻《ひね》る。

「どうかなー。あいつら心根が醜《みにく》いからなー。〝竜〟がいなくなればボクらのこと邪魔になって殺そうとしたりして」

うわー、それもあり得るなー。

しかしルルゥさんとアーシアちゃんは「何の心配もない」といったふうに笑い合って、

「そしたら皆殺しですわね。エルフの神もきっとお許しになることでしょう」

「やったね！　大義名分ができて、晴れて世界に仕返しができるね！」

どうか王国とギルドは二人にちゃんと報酬を払いますように！

などと漫才をしていたら、

――るぅおおおおおおおおおおおおおん…………！

遥か彼方《かなた》の蛇竜《ヒュドラ》が、俺たちを見つけて吠《ほ》えた。空全体が震えるような、奇妙な鳴き声だった。

その音は俺の鼓膜から精神に響いてきて、

「う……な、なんか具合が悪くなってきた……」

吐き気がする。不快感がある。目が回るとか、足が震えるとか、肉体的な不調じゃない。

恐怖心が。

理由のない怖さが、俺を襲った。〝竜〟が怖い？　いやそれだけじゃない。この空間が怖い？　それもあるが違う。

生きていることが、怖い。

呼吸をすることが、恐ろしい。

心臓の鼓動が怖い。血の巡る感覚が怖い。俺が――人間がこの世界に生きているという事実が、とてつもなく恐ろしい。

なぜ人間がこの世界にいるのだろうか。人間がいなければもっとこの星は良くなるというのに。こいつらがいるだけで事態は悪化していく。取り返しのつかないことになっていく。世界が滅びる。星が死滅する。

どうにかしなければ。

なんとかしなければ。

今すぐに。

今すぐに。今すぐに今すぐに今すぐに今すぐに今すぐに今すぐに今すぐに今すぐに
今すぐに今すぐに今すぐに今すぐに今すぐに今すぐに。

――死のう。

手に持っていたナイフを首に当てた直後、

「はい、マコト様」

ちゅう、とルルゥさんにキスをされた。唇が触れ合い、舌が「れろぉり」と入ってくる。俺の舌とルルゥさんの舌が絡《から》み合って、彼女の唾液《だえき》が口内に侵入してくる。

いや――唾液と一緒に、生ぬるい液体を、飲まされた。

「んぐ……ごく……！　ぷはぁっ!?」

「大丈夫ですか？　申し訳ありません。マコト様がまだレベル1であることを、すっかり失念しておりました」

「げほっ、ごほっ……あの、今のは……？」

「神秘草《エリクサー》ですわ。先ほどの、ファーヴニルの咆哮《ほうこう》――あれは精神汚染の効果がありますの。私

たちは職業《ジョブ》の加護で防げますが、マコト様はまだ……」

そっか……。なんか無性《むしょう》に死にたくなったのは、敵の攻撃だったのか……。怖っ！

そしてそれをルルゥさんが飲ませてくれた神秘草《エリクサー》なるもので中和したと……。

「俺、職業《ジョブ》を貰ってから何もしてませんでしたしね……レベル上げとか……」

これじゃ足を引っ張るな、と俺は落胆する。

しかしルルゥさんはにっこりと笑って、

「大丈夫ですわ。マコト様は、ただここにいらしてくださるだけで」

アーシアちゃんもにこっと笑って、

「うん！　ボクたち、それだけで力になるから！」

そう言ってくれた。

「アーシア、マコト様に防御結界を。この方がいる限り、私たちに敗北はありません」

「もちろん！　じゃあ行ってくるねマコト様！　ボクたちの活躍《こと》、しっかり見ててね！」

アーシアちゃんが呪文を唱え、俺の周りに光で編まれた球体が出来上がる。結界というやつだろう。

そうして二人は俺を見て頷《うなず》くと、蛇竜《ヒュドラ》へ向けて華麗に飛翔していった。

「…………空、飛べるんですね」

残された俺は、呆然とそう呟《つぶや》いた。レベルっていうか、ジャンルが違う気がする。

☆

二人と〝竜〟の戦いはすさまじかった。

星空の中で、アーシアちゃんは誘導性のある火球を連発し、蛇竜《ヒユドラ》の首を一瞬で半分まで消滅させた。一発一発が太陽みたいに馬鹿デカかった。めちゃめちゃ眩《まぶ》しかった。

蛇竜《ヒユドラ》の反撃が来る。眩《まばゆ》く、ぶっとい光線がアーシアちゃんを飲み込む。彼女は体の左半身が融解した。

「アーシアちゃんっ!!」

叫ぶ俺。だが、心配は無用だった。さっきの結界のような光の糸が自動的にアーシアちゃんの肉体を形作って、あっという間に再生した。なにあれ、なに？

ルルゥさんは蜂のような攻撃方法だ。前線で暴れ回ったアーシアちゃんに蛇竜《ヒユドラ》の意識《ヘイト》が集まったところで、視界の外から一直線に胴体へ突っ込んでいく。

轟音《ごうおん》が響く。音の壁を突破し、蛇竜《ヒユドラ》の黒い霧のような胴体も貫通し、ルルゥさんはその身で〝竜〟を射貫《いぬ》いた。そのまま遥か後方へ飛び去ると、慣性を無視した動きで反転、自《みずか》らの攻撃の成果を確認する。

あとで聞いたことだが、ルルゥさんの攻撃は、敵に弱点を曝《さら》け出させる効果があるという。

蛇竜《ヒュドラ》の胴体が蠢《うごめ》く。黒い霧が晴れていく。彼女がぶち抜いた箇所から、真っ赤な内臓器官が露《あら》わになった。よくわからないが、何の根拠もないが、確信する。あれが心臓だ。〝竜〟の『核』だ。

絶好の機会《チャンス》。これを逃す二人ではない。ルルゥさんとアーシアちゃんは一呼吸も置かずに接近し、

――きぃええあああああああああああああああああああ!!!

絶叫。

〝竜〟の叫び声。

発凶。

〝竜〟の泣き声。

星空だった空間全域が激しく震え、真っ白に飲まれていく。ルルゥさんとアーシアちゃんも、光も音も、立っている感覚も、鼻腔《びこう》に残る魔素《マナ》の香りも、舌に残る神秘草《エリクサー》とルルゥさんの唾液の味も、何もかもが真っ白に埋もれていき――

――。

俺の肉体は消滅していた。

だが——ぎゅわ、と光の糸が何かを形作る。俺の身体を形作る。それを、頭の上から俺が見ている。頭ができて、肩ができて、両腕ができて、手指と腰が同時に組み上がり、足が伸びたところで、

「——はっ」

意識が戻った。

周りを見る。先ほどの、星空の空間に戻っていた。足場もある。足もある。

——いま、死んでたのか、俺？

手をわきわきと閉じたり開いたりしながら思う。そう思ったところで、二人が落ちてきた。

「あぎゃん」

「ぎゃふん」

可愛いを通り越していっそ面白い声を上げて、ルルゥさんとアーシアちゃんが俺の乗る足場に落下した。

「だ、大丈夫、二人とも!?」

「ん——だ、大丈夫ですわ……。たかが、寿命が一〇〇年縮んだ程度……ですわ……」

それちっとも大丈夫じゃなくない？

「効いたァ……。触手くんに初めてアナル掘られた時より効いたァ……！」

喩《たと》え方、喩え方。

で、蛇竜《ヒユドラ》を見る。

頭がぜんぶなくなって、一本の長い蛇になってる。全身が黒い霧みたいだ。

「あれ、死んでないの……？」

「ようやく本領発揮というところですわ」

「ここからが本番だね」

「でも私たちはもう……」

「魔力が空っぽだね……」

二人がやけにあっさりと言うのを、しかし俺は聞き流すことはできず、

「ごめん……。俺、何もできなくて……」

「いいえ、マコト様」

「うん、これから力を貰《もら》うんだよ」

え、と訊《き》く暇《ひま》もあればこそ。

二人はそれぞれ俺の手を掴むと、自身の胸元へ導いた。二人とも鎧《よろい》はおろか服も（いつの間にか）脱いでいた。ルルゥさんの巨乳と、アーシアちゃんの美乳に、二人のナマ乳に俺の掌《てのひら》が触れる。

「敵もいまは回復中――身動きが取れません」

「いまのうちに、やっちゃって！」

ぷにゅ♡

もにゅぷにゅ♡

知らないうちに手が勝手に二人のおっぱいを揉《も》んでいた。え、なにこれ。柔らかっ……じゃなくて、なんで俺、戦闘中に仲間のおっぱいもみもみしてるの？

「はぁん♡」

「くぅん♡」

甘い声を出すルルゥさんとアーシアちゃん。

――さぁ、二人に呪文を。

俺の脳内に僧侶《クレリック》の声がした。

そういう……こと？

――其《そ》れは邪竜の淫呪《けがれ》を雪《すす》ぎ、主《しゅ》の愛を以《もっ》て生命の種を注《そそ》ぐ僧侶《クレリック》の奇跡。

俺は脳内に響く声のとおりに詠唱を行い、

「――清祓《デイオ・エクソリウム》」

俺たちを淡い光が包んだ。暖かい光だった。それと同時に思い起こされるのは、二人と交わした愛の数々。甘い蜜月《みつげつ》の日々。儀式《セックス》の記憶《おもいで》。

そうこれは、儀式によって得られた生命力を、彼女たちに与える魔法。

「事前にエッチすればするほど戦闘中にパワーアップする……ってコト!?」

思わず変な語尾をつけて口走ってしまったがおおむね間違いではなさそうだった。

その証拠に、さっきまで枯渇《こかつ》しかけていた二人の魔力が回復しているのが、僧侶《クレリック》の目で見える。

「はい、マコト様。僧侶《クレリック》の役割は解呪と回復にあるのです。そして回復とは、ケガや体力だけでなく、魔力――生命力までも」

「マコト様がボクたちに注いでくれた種の数だけ、回復するんだよ！　膣内射精《なかだし》した回数分だね！」

無法すぎるのでは？

「さぁ参りましょう、アーシア。幸い私たちにはあと二十七回のリチャージが残されています。ですが――」

そんなにしましたっけ。

「だね！　この一回分で倒しちゃおう！　それでまたマコト様にエッチしてもらうんだ！」

それがモチベーションでいいんですか。

「行きますわよ！」

「おう！」

……二人はまた、邪竜へと向かっていった。

蛇竜《ヒュドラ》も休んだとはいえ、首の数を元に戻せるほどではなかったらしい。

完全回復した二人の敵ではなかった。

「はあああああああっ！」

「でぇえええええいっ！」

――るぅおおおおおおお…………ん…………。

ルルゥさんとアーシアちゃんによる渾身《こんしん》の攻撃で、『人界の脅威《きょうい》』と恐れられた邪竜は、あっけなくあっさりと倒されたのであった。

☆

〝竜〟の首が断たれ、胴体の核が破壊され、その全身が霧に還《かえ》っていく。

「やりましたわ、マコト様！」

「やったよマコト様ー！」

邪竜を倒した二人が、俺のいる足場まで戻ったと思えば、そのまま抱き着いてきた。

「マコト様のおかげですわ！　私たち、いつも途中で魔力切れになってしまって……」

「撤退して、しかも淫呪《いんじゅ》までかかっちゃって、大変だったのに！」

「いや、俺は何にも……」

ほんとに何もしてない気がする。

強《し》いて言うならおっぱいを揉んだだけというか。

「いいえ、マコト様がパーティに入ってくださったおかげです」

「そうだよ！　僧侶《クレリック》様に解呪してもらうだけでもありがたいのに、戦闘にまでついてきてもらって！」

「マコト様は勝利の男神《かみ》さまですわ！」

「マコト様だいすきーー!!」

ぎゅうぎゅうと抱きしめられる。絶世の美女エルフと、ボクっ娘美少女《コ》に、ぎゅうぎゅう抱きしめられる。最高にしあわせ。

「さあさ、おうちに帰りましょう。ギルドへの報告なんて明日でいいです！」

「うん！　帰ってはやくエッチしよー！　ボク、淫欲《いんよく》の呪いがもう大変なの！」

そう促《うなが》す二人の瞳は確かにらんらんとしていて、まるでハートマークが浮かんでいるかのようだった。

またあのエルフ上位の搾《しぼ》られセックスと、ドMボクっ娘レイププレイをするのかー。

そう思うと俺の股間もイライラしてきた。うん、早く帰ろう。早く帰ってエッチしよう。

と、ルルゥさんが転移結晶――ダンジョンから脱出するためのテレポート魔術石を取り出したそのとき。

——逃がさん……。お前らだけは……。

どこからか、声がした。

第十六話　喧嘩をやめて。二人をとめて。俺のために争わないで。

慌《あわ》てて周囲を見る俺たち。

ルルゥさんは探索魔術を放ち、辺りを走査する。

「〝竜〟ではありません！　これは――同じ人類種族の気配⁉」

アーシアちゃんが戦慄《せんりつ》しながら、

「え――やば、やばいよ、こんなバカみたいな魔力、知らない……！　ボクたちよりもずっと強い――⁉」

S級冒険者よりも強いやつ⁉　そんなのいるのか⁉

「あそこです、マコト様！」

ルルゥさんが指をさした先には――

「…………師匠？」

焦《こ》げ茶色のローブに身を包んだ、緑色の肌をした小さな老人。グリーンモンスターこと、俺の師匠、イーダがいた。透明な足場の上に立ち、俺たちを見下ろしている。

「………マコトよ」

「師匠！　どうしてここに!?」

「え、じゃあああの方が――」

「人界無双の大賢者、イーダ様!?」

ルルゥさんとアーシアちゃんが驚く。そういえば師匠は有名人だったな。

「気安くワシの名を呼ぶでない、小娘どもが！」

「ひっ――」

「うっ――」

師匠に一喝《いっかつ》され、たじろぐ二人。俺もびっくりした。こんなにキレてる師匠、見たことない。

「し、師匠？　なんでそんなに怒ってるんです……？」

じろり、と俺を見下ろす師匠。こわ。可愛いゴブリンみたいな顔してるのに、怒るとめっちゃ迫力あるな……。

「マコト、お主《ぬし》……お主……。ワシの言いつけを破りおったな………!?」

「言いつけ……？　いや、ちゃんと守りましたよ!?　ほら、S級パーティに入って、邪竜を倒したでしょう!?」

「そうではない――そうではないんじゃあ！」

怒りに吠《ほ》える師匠。同時に「ぶわっ」と魔力の波みたいなものが放たれた。とっさに俺の盾《たて》になった二人が、「ぐっ」「うわっ」と、それだけで地に膝《ひざ》をつけた。

「ただ――吠えただけで……！」

「やば……。〝竜〟なんかよりよっぽど強いっ……！」

「ルルゥさん！　アーシアちゃん！」

師匠は静かに見下ろす。

「……ワシの弟子を庇《かば》いおって。そんな必要などないというのに。貴様らがワシの弟子を……………!!」

俺は老人に問いただす。感情を怒りに染めて。

「どういうことですか！　二人がいったい何をしたっていうんですか！」

「マコト、お主は――お主は――！」

師匠はぶるぶると怒りに震えながら、こう宣《のたま》った。

「童貞を捨ておったな!!!」

は？

「は？」

「童貞じゃ！　お主、童貞を捨ておったな！　あれほど捨てるなと言ったじゃろうに！　言いつけておいたじゃろうに！」

「え、いや、は？」

なにいってんだこのじいさん。

「セックスしたんじゃろーーーーーーーーーー!!!　そこの女どもとセックスしたんじゃろーーーーーーーーーーーーーーーーーーがーーーーーーーーーーーーーー!!!」

え、どういうこと？　と俺が二人を見ると、二人ともドヤ顔だった。

ルルゥさんが腰に手を当ててふんす、と鼻息も荒く、

「セックスしましたが、それがなにか？　マコト様は、私たちのような容姿が好みですので。ブス専、ですので」

ブス専じゃないが。

アーシアちゃんが師匠をびしっと指さして、

「セックスしたけど、それがなんだ！　ボクたちみたいな醜女《しこめ》はセックスしちゃいけないっていうのか！　あなたのようなイケメンジジイに責められる謂《いわ》れはないよ！」

あーやっぱりこの世界基準だと師匠もイケメンなのかー。変なのー。

いやそうではなくて。

「あのー師匠？　俺が童貞捨てて何か問題が……？」

するとゴブリンジジイは、

「何が問題か？　じゃとぉおおおマコトお主ぃぃぃぃぃいいいいい!!!」

めちゃくちゃ怒った。地団駄踏んでるし、なんならちょっと泣いてる。え、なんで泣いてるの？

あ、もしかして――。

「まさか師匠も童貞で、弟子に先を越されたのが悔しい、とか……？」

「そんなわけあるかアホぉぉ！　当たらずしも遠からずじゃボケぇぇぇぇ!!」

どっちなんだよ。

「お主の童貞は！　お主の童貞はぁ！」

悔し涙を流しながら、グリーンモンスターが叫ぶ。

「ワシがいただくはずだったんじゃああああああああああああああ!!!」

…………。

…………………………。

ええ…………………………。

「いや、ええ……なにそれ……こわ……」

「ドン引きするでない！　傷付くじゃろうが!!」

「ええ……こわ……。師匠、俺のことそんな目で見てたの……？　こわ……」

思い返せば、師匠に初めて会ったとき「童貞か?」って訊《き》かれたわ……。こわ……。

なお、俺が震えている隣でルルゥさんとアーシアちゃんは盛り上がっていた。

「イケメンジジイに食われる美青年……イケる！　ではなくて、これはちょっと予想外ですわね」

「うわー見たいそれー！　……じゃなくて、下心あったんだなんてヒドイとオモウナー」

いや君たち。

師匠はぷりぷり怒っている。

「貴様ら小娘は、ワシが楽しみに熟成させていた童貞を横取りしおったんじゃぁぁああ！」

びしっと杖をさして、叫ぶ。

「その罪――万死に値《あたい》する!!」

決め台詞《ぜりふ》はカッコいいんだけどなぁ。

一方それを受けたルルゥさんは、

「う……それは悪いことを……したかもしれませんわね……」

と罪悪感を覚えているらしい。基本的にいいひとだからな。

しかし喧嘩上等な気性《きしょう》であるアーシアちゃんは、

「気持ちはわかるけど、しょーがないじゃん。早い者勝ちだよ。だって男様の童貞だよ？　ボクが姉さんだったら襲っちゃうよ」

実際ルルゥさんには襲われましたしね？　と言おうと思ったが、当のルルゥさんが死にたそうな顔をしているので黙っておこう。

アーシアちゃんはさらに姉を庇って言う。

「だいたいさー、熟成させたってなんだよ。そんなにマコト様の童貞を食べたかったんなら、とっととヤっちゃえば良かったじゃん。チャンスはいくらでもあっただろ？」

グリーンモンスターにいくらでもヤられるチャンスがあった事実、果てしなく怖い。

「できない事情《ジジョー》があったんじゃ。ヤれない情事《ジョージ》があったんじゃ！」

韻《いん》を踏むな。

「とにかく貴様らは許さん！　構えよ！　このワシが自《みずか》ら地獄に送ってやろう!!」

ぶわぁああ、と俺にもわかるほど師匠の闘気？　魔力？　みたいなものが膨《ふく》れ上がった。まさかの展開だ。よもや俺の師匠が魔王みたいな立ち位置になるなんて！

「仕方ありません——やりますわよ、アーシア！　降りかかる火の粉は払うのみ！」

「りょーかい！　へへ、いくら強くたってこっちにはマコト様がいるんだからね！」

こっちもやる気満々だよ！

「ま、待ってください三人とも！　俺をめぐって争うのは！」

思わずこんなセリフを口走ってしまった。昭和のヒロインかよ。

「殺す！」

「やれるものなら！」

「やってみやがれ！」

ルニヴーファ・ダンジョン、第一〇〇層。

ゴブリンおじいちゃんと、絶世の美女エルフ＆ボーイッシュ美少女が、死闘を開始した。

俺の師匠と、俺のパーティメンバーが、血で血を洗う戦いを始めたのだ。

なぜか、俺の童貞が理由だった。

どうしてこうなった…………。

☆

一時間後。

「ちぃ！　いいかげん塵《ちり》にならんか！　くたばれ――熱核爆発光《ハイ・アトミック・ウエイト》！」

星空のなかに、核爆発みたいな大爆発が、ぱらぱらぱらぱらぱらぱらぱらと花火みたいに横に巻き起こった。手持ち花火じゃないよ？　打ち上げの、ナイアガラみたいな花火ね？　俺はアーシアちゃんと師匠が重ねて張ってくれた結界のおかげで生きているけど、眩《まぶ》しくて目が潰《つぶ》れそうです。

「ぎゃああああああ!!　半分――体を半分、持っていかれましたわーーーー!!!」

ルルゥさんが叫ぶ。どうして核爆発を何発も食らって体が半分持っていかれただけで済むのだろう。どうして体が半分ないのに生きているのだろう。エルフは何事もなかったかのように自動再生魔術で体を復元し、戦線に復帰した。

「死ね、イケメンゴブリン！　――即死《デス・リゾリユーション》！」

師匠に肉薄して切り掛かったアーシアちゃんが、目にも見えない速度で剣を振るいながら(腕がタコみたいに何本もくねくねしてる、ように見える)、至近距離で恐ろしい言葉を口にしている。

「――死呪怨恨憾嫉魔不負闇病息呼吸停止死呪怨恨憾嫉魔不負闇病息呼吸停止死呪怨恨憾嫉魔不負闇病息呼吸停止死呪怨恨憾嫉魔不負闇病息呼吸停止

……！」

念仏のように唱える魔法剣士アーシアちゃん。彼女の繰り出した左手の人差し指から、ドクロの形をした白い光が氾濫《はんらん》した川のようにどばっと溢《あふ》れ出した。そのドクロの数は優に数百を超える。

僧侶《クレリック》だからわかるけど、あれ僧侶系の最高魔術だわ。あのドクロの一つにでもかすったら即死する、ゲロ恐ろしい怨念呪術だわ。

「甘いわ小娘！」

しかしグリーンモンスター、イケメンゴブリン、人界無双の大賢者こと我がイーダ師匠は、「ふぅ」と息を吹いただけでそのドクロの群れを反転させた。跳ね返したのだ。

「うっそぉ!?　――あふぅん」

アーシアちゃんは躱《かわ》す暇《ひま》もなかった。ドクロの波に飲まれてあっという間に意識を失う。死んでしまったのだ。

真っ逆さまに落ちる彼女。俺のほうに落ちてくる彼女。予《あらかじ》めそう設定したとしか思えないほど正確に俺のところに落ちてくる彼女。びたぁん、と落下した彼女。

「…………はい」

もにゅ、となぜか開《はだ》けたアーシアちゃんのおっぱいを揉《も》む。

「あはぁん♡」

甘い声をあげながらアーシアちゃんが生き返った。なんなんだよこれ……。

「即死《デス・リゾリユーション》のドクロって白いから、あの波に飲まれるの、どぶどぶの精液風呂に沈んだみたいで気持ちいいですよね！」

嬉々《きき》として俺に同意を求めるアーシアちゃん。すまん、わからん。

「くっそー！　さすがは人界無双！　強いなー……！」

悔しそうに師匠を見上げるアーシアちゃん。

ちょうどルルゥさんも死んで落ちてきたので、やはりおっぱいを揉んだ。「はぁん♡」生き返った。妹と同じように師匠を睨《にら》み付ける。

「このままじゃ埒《らち》が明きませんわね……！　あ、マコト様、ちょっと乳首も弄《いじ》ってくださいません？」

戦闘中に何を言ってるの？

「く……貴様ら！　戦闘中にワシの弟子と乳繰《ちちく》り合ってからにー！」

ほら師匠も怒ってるじゃん。

「羨《うらや》ましいぞ！」

羨ましいんかい。

俺はため息をついて、

「あのー、師匠。言いつけを破ったことは謝りますから、もうこの辺で勘弁してもらえませんか……？」

するとと師匠はめちゃくちゃ傷付いた顔になる。

「な、なんで……？」

「いや、なんでって……。師匠は、俺の童貞を彼女たちに奪われたのが悔しいって言ってましたけど」

「悔しいじゃろ！　妬《ねた》ましいじゃろ！」

「でも、『俺の』童貞じゃないですか。俺が誰にあげようと勝手なのでは……？」

師匠は「え？」と硬直した。泣きそうになってる。

「さっきから気になっておったのじゃけど、お主《ぬし》、そやつらの味方なのか……？　なんで味方するんじゃ……？」

「いや、パーティの仲間ですし……。でも師匠だって俺の味方ですよ？　大切な恩人です」

「えへ、大切？　ほんとに？」

うわ嬉しそう。

「だから師匠たちには争ってほしくないっていうか……。とりあえず、矛《ほこ》を収めてもらえませんか？　俺に免じて」

なにかものすごく自信たっぷりなイケメンみたいなセリフだが、いまはこれが一番効果的だろう。たぶん。

「むぅ……ならマコトに問おう！」

「なんです？」

「ワシのこと、好き？」

「……はぁ、まぁ。恩人ですし、好きといえば好きですが……」

「ふふーん！　へへーん！」

嬉しそうだなこのゴブリンジジイ。

「マコトがそこまで言うなら仕方ないのう！」

「戦闘をやめてくれると？」

「そうじゃ！　マコトに免じてな！」

あっさり承諾《しょうだく》した。マジで何なんだこのジジイ。あとウィンク飛ばすな。

ともかくこれで終わりだ。俺は振り返り、

「説得、成功しました。これで戦わなくても良いですよね？」

ルルゥさんたちは仕方なさそうに頷く。

「……イーダ様が戦闘をやめるのであれば、こちらから襲う理由はありませんわね」

「ま、いっか。やられっぱなしなのはちょっとムカつくけど」

二人とも納得してくれた良かった。

師匠はふよふよと降りてきて、

「うう……しかし、そうか……。もう童貞ではなくなってしまったんじゃな……」

俺の目の前に着地したとたん、悲しそうに涙を流した。なんでそんなに……。あと俺の股間をガン見するのやめて……。

その姿に同情したのか、ルルゥさんもばつの悪そうな顔で、

「イーダ様……。成り行きとはいえ、このようなことになってしまい、申し訳ありません……」

ぺこりと頭を下げた。いや、ルルゥさんは何も悪くないのでは。

「いや……お主が悪いわけではない」

ですよね。

「童貞を捨てるなという言いつけを破ったマコトが悪い」

俺かー。

でも仕方ないじゃん……。本気だって思わないじゃん……。まさか本気でグリーンモンスターが俺の童貞を狙ってたとか想像もしないじゃん……。

「マコト様は悪くない！」

アーシアちゃんはケンカ腰だ。そうだ、言ってやれ！

「イケメンのくせに襲わなかったイーダ様が悪いよ！」

それもどうかと思うよ!?

「このヘタレ！　男色エロジジイ！　ヘタレ誘い受けエロジジイー！」

それは言い過ぎだ！　師匠もキレる！

「何を抜かすか醜女《しこめ》が！　まるまる太った胸をしおって恥を知れ！」

それも言い過ぎだ！　なんか小学生みたいだぞ君たち！

「「キー!!」」

一触即発。また戦いに発展しそうだった。しそうだったので、

「二人ともやめてください！」

二人の腕をとって、チートスキルを使った。

エナジードレイン。

二人から力を吸い取った。がくん、とアーシアちゃんと師匠が地面へ沈み込むように膝《ひざ》をついた。

「ふわ……♡　マコト様の魔術体質《エナジードレイン》……♡」

アーシアちゃんは脱力させられるのが快感になっちゃったみたいで、なんかびくびく痙攣《けいれん》してる。甘イキしてる。

「わわ、よせ、よせマコト……！　はなすんじゃあ……！」

一方、師匠はへろへろになった手で俺の腕を外そうとする。

「だめです。喧嘩両成敗《けんかりようせいばい》です。しばらくおとなしくしてください」

「違うんじゃ、違うんじゃ、いま、戦闘後の魔力が少ない状態で、さらに枯渇《こかつ》したら――」

いつもと違う焦《あせ》り方をする師匠に、俺は訝《いぶか》しむ。あれ、ひょっとして命の危険？　俺は慌て

て手を放した。が、

「あの、大丈夫ですか師匠……?」

「ああ……駄目じゃ……駄目じゃ……! 解ける……!」

何かを恐れるように、わなわなと震えながら自分の手を見つめる師匠。え、解けるって、え?

「封印が、解ける……! ワシの中の『あやつ』が……!」

それ、もしかしてヤバい奴では——!?

俺が手を伸ばした時にはもう、遅かった。

ぼむっ。

という音を立てて。

師匠が爆発した。

第十七話

変態のじゃロリ爆乳美少女、ロジーナ・ロジー。

爆発の煙が俺たちを包んでいる。

師匠が爆発したのだ。封印が解ける、とかなんとか言って。

「し、師匠――!!」

叫んだ。俺のせいだ。俺が考えもなしにエナジードレインを使ったから、師匠が、師匠が――！

煙が晴れた。

そこには――――女の子がいた。

めちゃくちゃ可愛い女の子が、そこにいた。

「は？」

素《す》っ頓狂《とんきょう》な声を上げる俺。

「え？」

「え、誰これ？」

ルルゥさんとアーシアちゃんも驚いている。

そりゃそうだろう。

煙が晴れたら、女の子がぺたんと座っていたんだから。それも、師匠と同じ焦《こ》げ茶色のローブを着て、師匠と同じ杖を持って。

髪は長く、輝くような銀色。

体格は師匠とそこまで変わらない。一三〇センチといったところか。

歳は若そうに見えた。

そしてものすごい美少女だった。可愛い。天使みたい。ルルゥさんが女神で、アーシアちゃんがグラビアアイドルなら、この子は天使だ。

しかし何よりも目を引くのは――――胸だ。

胸が、めちゃくちゃに、デカい。

おっぱいが、あり得ないほど、巨大だ。

巨乳だ。

爆乳だ。

頭より大きい。

ルルゥさんよりも大きいんじゃないだろうか。この背の低さで、ルルゥさんよりも胸が大きい。僧侶《クレリック》が目測する。俺の中の職業《ジョブ》――不思議な力が、女の子のステータスを弾《はじ》き出す。

身長130・2センチ。
バスト――160・5センチ。
ウエスト――50センチ。
ヒップ――90センチ。
つまり、
ろ、
ロ、

――ロリ爆乳だぁあああああああああああああああ!!!


「マコト様!?　なぜ急にガッツポーズを!?　なぜ無言で天に向かってガッツポーズをなさっているのです!?!?」

「ど、どうしたの!?　なんで感涙にむせびながら嬉しそうなの!?　待ちに待ったみたいな顔してるけど!?!?」

すまない、興奮した。

「ロリ爆乳は本当にいたんだよ！　嘘じゃなかったんだ!!　ラ○ュタは本当にあったんだ!!」

「「なんのこと!?」」

すまない、興奮が収まらない。

「う、う、う……」

俺が神に感謝を捧《ささ》げていると、

「うわぁあああああああああああああああああああああああああああん!!」

ロリ爆乳美少女が泣きだした。

号泣した。

「うわ、ごめ、ごめん！　怖がらせちゃったかな！　ごめんねー、怖くないよー怖くないよー？」

「マコト様が猫撫で声です」

「シンプルにキモいです」

外野は無視する。

「えっと……きみは、誰かな？　師匠の服を着てるけど……。師匠の親戚かなにか？」

と、そこまで訊《き》いてふと気づく。

師匠は爆発直前に「封印が解ける」と言っていた。今さらながらに、これはヤバい状況なのではないだろうか。このロリ爆乳美少女が実は破壊と滅亡の化身《けしん》で師匠がその身に封印していた神代《かみよ》の悪魔である可能性も捨てきれない。

だって危険だよ、このおっぱいは。すごく危険だ……。

うわ……すげぇ……。こんなにデカいのに垂れてない……。ばっちり重力に逆らってる……。

一六〇センチもあるのに……。師匠のローブが小さいのか、張り裂けそうだもん……。

いや、そうではなくて。

「名前を教えてくれるかな……？　俺はマコト。きみの名は？」

号泣していたロリ爆乳美少女は、ひっくひっく、と嗚咽《おえつ》を漏《も》らして、その手で顔を覆《おお》う。恥ずかしいのかな、可愛い。

「…………………じゃ」

小さな声でそう言った。俺は訊き返す。

「え？」

すると女の子は、がばっと顔を上げて、

「ワシはイーダじゃ!!!　この馬鹿弟子が!!!」

と宣《のたま》った。

え？

「俺は硬直した」

「マコト様、地《じ》の文とセリフが逆になっています」

すまない……。いや、わかるのすげぇなルルゥさん……。

「え、え？　師匠……？　嘘でしょ……？」

「嘘なものか！　ワシじゃ！　イーダじゃ！　人界無双、最強賢者のイーダ様じゃ!!」

女の子はすっくと立ち上がり、ばばーんと両手を腰に当てて叫ぶ。うわおっぱい凄《すご》い揺れた。

「師匠……？」

「そうじゃ！」

「師匠……のひ孫さん？」

「ちがうわボケぇ！」

すかたーん、と頭をひっぱたかれる。

「え、本当に、本当に師匠なんですか⁉」

「じゃから！　そうじゃと言っておるじゃろう！」

「ルルゥさん、真偽《しんぎ》の魔術って使えますか⁉」

俺が振り返ると、しかしルルゥさんは沈痛《ちんつう》な面持《おもも》ちで、何かをこらえるように、

「……使っています。ぷ、ま、間違いなく、この女性は、イーダ様です……ぷぷ……」

マジでか！

「マジでか‼」

状況を把握したらしいルルゥさんが説明してくれる。

「つまりイーダ様は、変化《へんげ》魔術でご自身の姿を変えていた――ということですわね。私たちでも見破れない、いえ地上の誰もわからないほど無駄に高度な術式で、無駄に……」

「無駄無駄言うな‼」

キレる女の子。

ルルゥさんが追撃。

「こんな……ぷぷ……こんなデブでチビでブスなメスの姿を隠すために……ぷぷぷ……あんなイケメンおじいさんに変化してた……と……ぷぷぷぷーくすくすくす」

ルルゥさん、沈痛な面持ちに見えたけど、違ったわ。笑いをこらえてただけだわ。

ていうか『デブでチビでブスなメスの姿』って、すげぇ単語だな……。ヘイトスピーチにならない？

「っ～～～！！　悪かったな！　悪かったな悪かったな悪かったな！　ワシがデブでチビでブスなメスで悪かったな～～～!!!　うわぁあああああああああん!!」

ワ……！　泣いちゃった……。

師匠？　泣いちゃったよ……。

「ワシだってこんな姿いやじゃああああああああああ！　ましてやマコトに見られるなんて、もう死んじゃいたいんじゃああああああああああああああああ!!!」

ほんとに師匠なんだ……。この子が、師匠の本当の姿なんだ……。

で、美醜《びしゅう》の価値観が逆転してるこの世界じゃ、師匠は醜女《しこめ》扱いなんだな……。道理で、人里離れた洞窟から出てこないわけだよ……。人間の社会が嫌いだって言ってたもんな……。

子供みたいに泣きじゃくる師匠に同情してしまう。彼――いや、彼女にとっては、絶対に隠しておきたい醜《みにく》い姿を曝《さら》け出してしまったことになるのだろう。

俺のせいで。

「……すみません、師匠。俺がエナジードレインを使ったばかりに」

「ばかっ！　あほっ！　じゃからその力は軽々《けいけい》に使うなと言ったじゃろう！」

師匠にぱちんぱちんと叩かれる。痛くない。痛くないように手加減してくれてるのだろう。

マジ殴《なぐ》りだったら今ごろ俺の身体は跡形もなくなってるはずだ。

そしてこのやり取りで確信した。この子は間違いなく師匠だ。このダダのこね方は絶対に師匠だ。俺が師匠のカレーに、師匠が嫌いなナスを入れたときと同じ反応だもん。

それにしてもロリ爆乳美少女に「ばか」「あほ」って罵《ののし》られながらぺちぺち叩かれるのちょっと変な気持ちになりますね……。いや何でもない。俺のせいでこうなったのだ。反省しろ、俺のバカ！

「でも師匠、どうやって俺の童貞を奪うつもりだったんです？　まさかあの姿のまま……？」

俺が尋《たず》ねると師匠は「ひっく」としゃくりあげて、

「……ワシだって何も、マコトをレイプするつもりじゃなかった」

「え、そうなんですか」

「お主《ぬし》、ワシを何だと思っとるんじゃ？」

「変態ＴＳのじゃロリ爆乳師匠」

「意味はわからんが果てしなく馬鹿にされてる気がする！　やめいやめい！　ワシはお主の師匠なんじゃぞ！」

ぷんすか怒る変態ＴＳのじゃロリ爆乳師匠。やばい、可愛い。

かと思えばぷしゅん、と風船から空気が抜けたみたいにしょんぼりした。

「ワシの変化魔術は――未完成じゃったんじゃ……」

「未完成？」

「そうじゃ。ワシは――恥を忍んで言うが――お主らの言う通り、この醜い姿が嫌で、あのイケメンジジイに変化しておった……」

「イケメンジジイ」

「じゃが気を抜くと変化が解けてしまう……。このようにな……」

「それが未完成なんですか？」

「さよう。あの術が完成すれば、何が起ころうと元の姿には戻ることはなくなるのじゃ。そしてその完成まであと少しじゃった」

「それが俺の童貞と何の関係があるんです？」

「最後の儀式――それはのう、マコト」

と、俺をじっと見つめるロリ爆乳美少女。

「『童貞と一年間寝食をともにして性欲を我慢する』ことじゃったんじゃ……」

…………。

…………………………。

ば～～～～～～っかじゃねぇの？

「その心底バカにしたような顔をやめるのじゃ！」

「すいません」

「お主を拾ってから半年。儀式の完成まであと半年というところじゃったのに……！　昔の知り合いから助けを求められて、うっかりお主を行かせたワシがアホじゃったわ……！　まさか、まさか童貞を捨てるとは……!!」

俺が童貞を捨てたことでロリ爆乳美少女が地面に両手両膝をついて絶望している。なんだこの状況。ていうか爆乳がすごい。四つん這《ば》いになったことで、おっぱいが地面にキスしてる。

「マコトなら三日で戻ってくるじゃろうと考えていたら一週間経《た》っても帰ってこんし……！　手紙すら寄こさぬではないか……！　寂《さび》しかったんじゃからね!!」

「え、ごめんなさい……」

泣きながら寂しさを訴えるロリ爆乳美少女、不覚にも可愛い……。

「それどころか、手綱《たづな》が外れた弟子は人界の観光と冒険を楽しみ、モテまくり勝ちまくり――挙句の果てにワシと同じような醜女に引っかかり、パーティを組み、僧侶《クレリック》としてセックスをして、童貞を卒業してしまうとは……！　このイーダ、一生の不覚じゃぁあああ！」

「なんで俺が観光と冒険を楽しんでモテまくったことまで知ってるんですか」

「見ればわかるわアホぉおおぉ!!　なんじゃお前そのツヤツヤした顔はぁぁぁぁ!!　ぜったい満喫しとったじゃろうがぁぁぁぁ!!!」

立ち上がって地団駄を踏みながら絶叫する師匠。おっぱいが跳ねる跳ねる。

「それにな！　ワシは冒険者になれとは言ったが、僧侶《クレリック》になれとは言っとらんぞ!?」

た、確かにそうだ……。あれ、でも待てよ？

「男が冒険者になったら、自動的に僧侶《クレリック》になっちゃうじゃないですか……？」

ぽかん、とする師匠。のち、頭を抱《かか》えて大絶叫。

「し、しまったぁぁぁぁぁぁぁ!!!　そうじゃったぁぁぁぁぁぁぁ!!!」

「師匠……相変わらずポンコツですね……」

「ワシの、ワシの童貞がぁぁぁぁぁ！　せっかく我慢しとったワシの童貞チンポが醜女に食われたぁぁぁぁぁ！」

「童貞チンポって言うな！」

「醜女で悪かったですわね！」

「あんただって変わらないじゃないか！」

黙って聞いてたルルゥさんとアーシアちゃんからもツッコミが入った。

やれやれ。

理由はどうあれ、わんわん泣く師匠はちょっと可哀そうだ。変化が解けたのは俺のせいだし。

「あの、えっと……どうしましょう？　俺になにかできることってあります？　師匠はどうしたいですか？」

「えっちしたい！」

うわあ。

「ワシだって……ワシだって……処女卒業したい!!　殿方に抱かれたいんじゃ!!　五〇〇年じゃぞ!?　お主にわかるか？　五〇〇年もずっとずっとずっとずーーーっと処女でいる女の苦しみが!!」

重みが違う……。三十年童貞な自分でも相当だったけど……。五〇〇年モノか……。ルルゥさんよりもっと凄《すご》いのが来たな……。

師匠はがばっと頭を下げた。

土下座した。

「頼む！　ワシとセックスしてくれ!!」

「直球すぎる！」

しかしそれで師匠が少しでも報《むく》われるなら……と俺は思う。この人には助けられた。その恩義に応《こた》えたい。

だが、

「ダメです。マコト様はパーティの僧侶《クレリック》なのですから」

「そーだよ。その辺の女にヤらせてあげるわけにはいかないね」

ルルゥさんとアーシアちゃんは反対のようだ。

師匠は引き下がらない。

「なら、ならワシもパーティに入れてくれ！　それでマコトとエッチさせてくれ！」

「下心を隠してください！」

ツッコミながら、俺はルルゥさんを見た。

エッチするのは俺だが、パーティのリーダーはルルゥさんだ。決定権は彼女にある。なぜだろう。俺はパーティの所有物だからか。ちょっと悲しくなるね。

ルルゥさんは渋っている。もちろんアーシアちゃんもだ。

「五〇〇年……同情はしますが……」

「戦力にはなるけどどなぁ……」

さっきまで争っていたもんな。そう簡単にはいかないだろう。心情的に。

「マコト様のおチンポは一本しかありませんし……」

「マコト様のおチンポは一本しかないし……」

そりゃ二本あったら怖いよ。

「まぁ一晩だけなら……」

「射精一発だけなら……」

その数え方なに？

「しょんなぁ！　一回だけじゃなんて我慢できるはずないじゃろう!?　半年間ずっと耐えてきたんじゃぞ!?　後生《ごしょう》じゃぁ！　頼む、ワシもパーティに入れて毎晩セックスさせてくれぇぇ！」

言い方。

「『毎晩はダメ』」

　姉妹がハモった。

「三日に一回！」

「『うーん……』」

「頼むマコトぉ！　お主からも何とか言ってくれぇ!!」

　師匠が俺の足に縋《すが》り付いて泣いている。ええ、こんな姿見たくなかった……。でも足に当たるふわっふわの爆乳が気持ちいいのも否定できない……。

　俺からもお願いしよう。俺のせいみたいだし。釈然としないけど。

「すみません。こんなんでも俺の恩人なんです。俺は師匠がいなければエナジードレインを使いこなせずに、今ごろ死んでいました。俺がいま生きていられるのはこのひとのおかげなんです。だから――お願いします。パーティに入れてやってくれませんか？」

　俺は頭を下げた。

「わわわ、マコト様！　頭を上げてください！」

「そそそ、そうだよ！　男様が頭を下げるなんて！」

　卑怯《ひきょう》な手を使う。

「二人が良いと言うまで、俺はこのままでいます」

「わ、わかりました！　わかりましたから！」

「ずるいなぁ、マコト様は……」

　期待を込めて頭を上げた。

「じゃあ、いいんですね……!?」

　二人は顔を見合わせると、やれやれといった感じでため息をつく。

「マコト様がそこまで仰《おつしや》るなら」

「仕方ないね。マコト様の恩人だし」

「二人とも、ありがとうございます！」

　それを聞いて、ぱぁぁぁぁっと顔を輝かせる師匠。

「ありがとう！　ありがとう！　恩に着る！」

　二人は揃《そろ》って師匠を指さして、

「でも、優先順位は私たちが上ですからね」

「そうだよ。それは譲れないからな」

「わかっておる、わかっておる！　ワシは三番目の女で良い！　むふ、殿方と……儀式……むふふふ……むふふふふふふ………」

　そんなこんなで。

　ロリ爆乳な賢者がパーティに加わった。

すごく今更だけど、のじゃロリ爆乳美少女に「えっちさせて！」ってお願いされるの、めちゃくちゃ興奮した。

☆

その日の夜。

ギルドへの報告もそこそこに、俺たちは家へ戻った。

師匠は家の庭にテントを張った。そこで寝泊まりするらしいのだが――。

「……すげぇ」

テントの中は異空間だった。

見た目はただのテントなのに、中に入ると立派なコテージだったのだ。空間が歪《ゆが》んでいるらしい。

「結界コテージじゃ。ふふん！」

誇らしげに胸を張るちっこい師匠。おっぱいがデカすぎてローブがはち切れそうだ。

「ワシらの『愛の巣』というわけじゃ……♡」

ルルゥさんとアーシアちゃんは、今夜の相手を師匠に譲ってくれたのだ。二人とも、いいひとだ。

そして俺は師匠と二人きりで、このテント――結界コテージに泊まることになった。

食事と入浴を済ませ、豪華なベッドルームに連れていかれた。

二人並んでキングサイズのベッドに座っている。

シャワーの後なので、俺はパンツ一丁、師匠はバスタオル一枚だ。

師匠はちびっこいので、並んで座ると俺の胸辺りに頭が来る。師匠の頭頂部が見える。良い匂《にお》いがする。さらさらとした銀髪が綺麗だ。はち切れんばかりの胸がすさまじくエロい。頭も胸もどっちも撫で回したい、とか思っていたら、

「ま、マコト……♡」

すすす、と俺の手を握ってくる師匠。

「今夜はたっぷり楽しもうぞ……？♡」

柔らかい掌《てのひら》の感触は、本当に天使だった。

師匠はゴブリンじゃなくてドワーフの一族らしい。本当の年齢は五一三歳だそうだ。エルフみたいに見た目は若いままなので、そうは見えないのだが。

身長一三〇センチで、バストが一六〇センチある、見た目は天使みたいな美少女――。

俺が硬直しているのをなにか勘違いしたのか、師匠は気まずそうに手を離した。

「すまぬ」

「え？」

「……この姿じゃお主も興奮せんよな。待つが良い、いま変化の術を使って――」

「いえ、師匠」

俺は制止した。全力で止めた。

「どうか、そのままで」

「え?」

「師匠が良ければ、そのままで」

「いやそのままでってお主」

とて、とベッドから立ち上がり、俺の方を向いて、

「これじゃぞ?」と自身の胸をゆっさゆっさと揺らすロリ爆乳師匠。うわ重そう。

「こんなデブで、こんな――こんな醜い顔じゃ。お主だって……ワシのような醜女を相手にするのは、嫌、じゃろ……?」

自分の言葉に傷付いたように、師匠は俺をおそるおそる見上げた。

そっか……。師匠は知らないんだ。俺がブス専――じゃなくて、美醜の価値観が違うこと。

「俺は、師匠はとても可愛いと思います」

師匠は固まった。

固まった。

固まって。

三行《さんびょう》が過ぎた。

「…………ひょえ⁉」

びっくりしてる。可愛い。

「師匠は、俺が異世界から来たって知ってますよね？」

「む、むろんじゃ……。え、なんて？　かわいい……？　かわいいってゆった……？」

「俺の世界じゃ、おっぱいは大きくても良いし、むしろ大きいほうがモテます」

「…………は？」

「俺の世界じゃ、師匠の容姿はとても可愛らしいものです」

「…………なんじゃと？」

「俺自身も――師匠は、めっっっっっっっちゃ可愛いと思ってます」

「…………みゃっ⁉」

「小さい身長に大きなおっぱい、最高です」

「…………マコト、もしやお主」

「ブス専じゃないです」

「お主の世界、ブスしかおらんかったのか？」

世界ごとブス専扱いされてしまった……。

「そういうわけなんで、師匠はそのままでお願いします。どうか！　そのままで‼」

「な、なにかとてつもなく偏《かたよ》った性癖の香りがするが……ま、まぁよいじゃろう……。それよりも……え？　可愛いの？　ワシが？」

「可愛いです」

「え、え〜〜〜〜？　可愛い？　え〜〜〜〜？　うそじゃ〜〜〜？　ほんとにぃ〜〜〜？」

めっちゃニヤニヤしてる。めっちゃくねくねしてる。

それもまた可愛いなぁ〜。

「じゃ、じゃあマコト……？　わ、ワシとその…………」

恥ずかしそうに顔を赤らめて、師匠は俺を見上げてくる。

「き、き、き、きしゅ…………できるかの…………？」

か〜わ〜い〜い〜〜〜〜〜。

少しだけ腰を浮かせて、師匠を抱きしめた。

「もきゅっ!?」

バスタオル越しに師匠のおっぱいの柔らかさを感じる。むにぃっと潰れてる。俺の愚息はもうフル勃起《ぼっき》状態だ。

唐突に抱きしめられて、師匠はびっくりした様子だが、抗《あらが》おうとはせず、なされるがままだった。

「キス、できますよ。むしろさせてください、師匠」

「ま、マコト……♡」

師匠は愛《いと》おしそうに俺の名を呼ぶと、俺の頬を小さな両手で挟んで、唇を近づけてきた。

ちゅっ♡

ついばむような、甘いキス。

俺がベッドに腰を下ろすと、師匠は獲物を狙うかのように、俺を追って唇を重ねてくる。

俺は座ったまま、師匠は立ったまま。

小さい師匠は、俺が座ってるくらいでちょうどいいらしい。俺は顎《あご》を上げて、ちゅぱちゅぱ♡　ねだるようにキスを重ねてくる師匠に応じる。

「マコト……♡　マコト……♡　マコトぉ♡」

小さな口が、小さな舌が、俺の唇をねぶっていく。師匠を構成する何もかもが可愛らしい。

「はぁ夢みたいじゃ……♡　男と、マコトと、こうしてキスできる日が来るじゃなんて……♡」

「俺も、師匠がこんなに可愛い女の子だっていうの、夢みたいです」

すると師匠は口を離して、恥ずかしそうに微笑む。

「お主……口がうまくなったのぅ？　洞窟にいたころはもっと小生意気じゃったろうに」

「本心ですよ。変わってませんって」

変わったのは師匠の方だと思う。グリーンモンスター↓ロリ爆乳美少女なんだから。

「くひひ、確かに……可愛いのは変わっておらんな？」

「可愛いですか？　俺が？」

うむ、と師匠ははにかむ。

「あの草原で初めて出会ったときのお主は……怯《おび》えて、震えて、子ウサギのようじゃった。ワシを見つめる瞳が、可愛らしくてのう……」

俺の目をじっと見つめながら、師匠は思い出すように笑った。

「男というだけでも珍しいのに、そのうえ童貞ときた。これは運命じゃと思ったよ。ワシは、ようやく神の情けを与えられたのじゃと。こんな醜女に生まれたワシでも、ようやく幸せになるチャンスが巡ってきたのじゃと……」

「イーダ師匠……」

醜いとされて五〇〇年以上を独りで過ごしてきた彼女。その苦しみはいったいどれほどのものだったのか。俺には想像もつかない。

ましてや、その童貞が他の女性に奪われてしまったときの絶望たるや……。

俺なんかで良ければ、今日一日、精いっぱい相手をしよう。そう思った。

「あの……マコトよ……」

師匠は俺をじっと見て、おずおずとこう言った。

「ロジーナって呼んでくれんか……？　『イーダ』は魔術師としての名。本名は……ロジーナなんじゃ……」

そうだったのか。

俺は咳払《せきばら》いした後、彼女をじっと見つめ、

「——ロジーナ」

「はうっ……！　胸がっ……きゅんきゅんするぅっ……！　もっと、もっとじゃ、もっと言ってほしいのじゃ……」

大きな胸に手を当てて、喜びに身体を震わせるロリ美少女。

俺は右手で彼女の頬を、左手で彼女の腰を持って抱き寄せると、耳元で囁《ささや》いた。

「ロジーナ、可愛いよ、ロジーナ、ロジーナ」

そしてキスをする。

「んむ♡　マコト、マコトぉ、マコトぉ♡」

師匠は嬉しそうに俺の名を口にして、そうして俺に寄りかかってきた。

いや、正確には、俺を押し倒した。

「マコト♡　もう我慢できん、良いな？」

第十八話　身長一三〇・二センチ、バスト一六〇・五センチ。

男女の貞操観念が逆転しているこの世界では女性上位——騎乗位が基本だ。

とはいえ、相手が初めてなら俺が上になった方が良いのでは……とも思う。日本じゃ、童貞が年上のお姉さんに筆下ろししてもらうときはたいてい騎乗位だし……。

しかしロジーナは興奮しきった様子で「はぁはぁ」と俺を見下ろしている。その目にハートマークが見えそうだ。

俺のパンツを下ろし、ロジーナはキスをした。俺のペニスにだ。

「泥人形相手にたくさん練習したのじゃ……♡　きっと、マコトを満足させてやるからの♡　セックスは前戯《ぜんぎ》が大事、じゃろ？」

そっかこの世界だと男が前戯を受ける側なのか……。たくさん練習したって言うし、好きなようにやらせた方が師匠も嬉しいのかも……ってうおおお小さいお口でちゅぱちゅぱ吸われるのたまんねぇぇ……！

「うおっ……！」

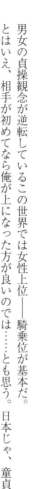

思わず声が漏《も》れる。そんな俺をロジーナは上目遣《うわめづか》いに見て、ふひひ、と嬉しそうに笑った。

「気持ちいいか……？　気持ちいいか……？　ふひひ、ワシの五〇〇年に渡る孤独な修行も報《むく》われたわい♡　ちゅぱちゅぱ♡　それにしても……んむ♡　これが男のおチンポかぁ♡　とっても逞《たくま》しくて、太くて、熱くて、えっちじゃあ♡」

れろれろ、ちゅぱちゅぱと俺のあそこに小さい舌を這《は》わせ、小さい唇でついばむロジーナ。

天使みたいな美少女にラブラブフェラされるの背徳的でめちゃくちゃ興奮する。

「くっ……ロジーナ、そこ、弱いっ……！」

「むふひ、ここか？　ここじゃの？」

ロリ美少女が俺のカリをちろちろと舌で責めてくる。本当に処女かこのひと……！

ロジーナは舌だけでなく、小さなおてでで俺の竿《さお》全体をしごいている。掌《てのひら》がすべすべだし、何よりその指の細さや手の小ささが余計に俺を興奮させる。

一方、ロジーナは自分自身であそこを弄《いじ》っていたようで、

「ワシも準備万端じゃ♡　マコト、マコト、おちんぽ、挿《い》れるぞ……？♡」

俺の身体の上に跨《また》がると、直立した俺の愚息を、ぴっちり閉じたバギナにあてがった。

「はぁ……♡　やっと、やっとじゃ……♡　もはや訪れまいと諦《あきら》めていた処女卒業の機会が、やっと……♡」

ぐにぐにと、俺の亀頭と、自《みず》らの膣《ちつ》の入り口を擦《こす》っている。

やがて覚悟が決まったのか、俺の直立したペニスを迎え入れようと、くぱぁ、と自分であそこを広げ、

「ふぐっ……♡」

ゆっくりと腰を下ろしていった。

――ぐぅっ！

さんざん焦《じ》らされていた俺はもう割と限界だった。ロジーナのあそこは処女特有のきつい締め付けで、亀頭が入っただけでも背筋にびりびりと官能の刺激が走った。

「んああっ……♡　マコトのっ……♡　おっきぃ……♡」

苦しそうにロジーナが喘《あえ》ぐ。彼女の言う通り、俺のペニスは先端部分しかロリ娘の秘部に入っていなかった。

「とってもおっきくて……♡　ワシの、小さなあそこじゃ……♡　収まりきらんのじゃ……♡」

それでも幸せそうに呻《うめ》くロジーナ。その様子だけで俺は射精してしまいそうだ。

「んくっ♡　ゆっくり、ゆっくりでいいかの……？♡」

「は、はい、ゆっくりで、大丈夫、です」

ロジーナがはぁはぁと息を荒らげながら尋《たず》ねてくるのを、俺もまた息も絶え絶えに答える。

天使みたいな美少女が健気《けなげ》に自分のペニスをバギナに挿入しようとする光景、興奮しすぎてヤバい。

「あんっ……♡　入ってくるっ♡　マコトのおチンポ……ワシの……なかにぃ……♡」

スクワットに近い前かがみの体勢で、ロジーナがゆっくりゆっくり腰を落としていく。左手で自分の体重を支え、右手で俺のペニスを握り、あそこに導いている。こう見えても師匠は人外の脚力を備えている。足がぷるぷるしているのは、この体勢がキツいからではなく、バギナがキツいからだろう。

前傾姿勢で覆《おお》い被《かぶ》さっているので、バスタオルに包まれたままのロジーナの爆乳が、俺のみぞおちに乗っかって柔らかく形を変えている。

この白い布を引っぺがして一六〇センチを超えるおっぱいを拝《おが》みたいが、俺に動く余裕はない。ちょっと気を抜けば射精してしまいそうなのだ。

「んあっ……♡　マコト、マコト、マコトぉ……♡」

にゅぷにゅぷと侵入していく。

「ぐっ……師匠……！」

ぎゅうぎゅうに締め付けてくる。初めて挿入《はい》ってくる異物に、師匠のアソコが順応しきれていない。

そこで、かすかな抵抗があった。処女膜だと思う。

「あっ、あっ、あっ♡」

嬉しそうに呻くロジーナ。そのまま腰を落とし、

ぷつ。ずにゅにゅ……♡

僧侶《クレリック》の職業《ジョブ》がなせる業《わざ》なのか。五〇〇年を生きたドワーフの、ロリ爆乳美少女の処女を卒業させたと、俺の胸の内に温かな達成感が生まれる。

「マコト、マコトので、ワシの初めて……っ♡」

俺のペニスの先っちょを、バギナに咥《くわ》え込んだロジーナが、

「嬉しい……のじゃ……♡　マコト、マコト……ワシ、ありがとう……」

俺の上で、ぽろぽろと涙を流した。

「し、師匠……！」

「入っておる……♡　ワシの膣内《なか》に……マコトのおチンポが……♡」

師匠はそのまま俺に身体を預けるようにして倒れ込むと、俺の胸に額《ひたい》を擦り付けた。感極《かんきわ》まって泣いてしまっている。

「マコト……♡　マコト……♡」

ロジーナの身体がちっちゃいため、先っぽしか挿入していない今の状況でも、横になったままでは上手《うま》くキスができない。身長差がありすぎるのだ。代わりに俺は彼女の頭を優しく撫でた。さらさらの銀髪は、とても柔らかかった。

師匠は処女膜を破った直後だし、すぐ動くのは痛いだろう。俺も動くと射精しそうだし、少しこのままでいよう。

「うぬ……♡　マコトの匂《にお》い、とっても良い匂いじゃ……♡」

俺に抱き着きながら、ロジーナが甘く囁《ささや》いてくる。それから俺を見上げて、

「マコト、痛くないかえ？　動いても……良いかの？」

天使みたいな見た目の女の子に心配されるようなことじゃないよな、と心の中で苦笑しつつ、
俺は「大丈夫ですよ」と微笑んだ。

「俺ので気持ちよくなってください、ロジーナ」

「んんっ♡　それっ♡　それズルいっ♡　マコト可愛すぎるんじゃあ♡」

師匠がぷるぷると身体を震わせている。そっちの方が可愛いと思う。思うので、俺は腹筋を
使って上半身を起こし、師匠とキスをした。

「んんっ♡　ぺろっ……ぬちゃ……はむはむ……♡」

俺が唇を寄せると、師匠はエサを与えられた雛鳥《ひなどり》のように食いついてきた。俺は片手で身体
を支え、もう片方の手で師匠を抱きしめる。

「みゃことぉ♡　んきゅっ♡」

体勢が対面座位に変わったせいで、挿入が少し深くなった。ロジーナ師匠が可愛らしく鳴く。

「まっ、ワシが動くから♡　待つんじゃ♡　ワシが動きたい♡」

俺に抱かれながら、ぺちぺちと肩を叩くロリ爆乳美少女。なにこの可愛い生き物。

師匠は俺の足の上で器用に、かつ身軽そうに身体を起こし、俺の肩に両手を置いて、ゆっく

りと挿入を深めていく。

ロジーナのあそこはぐしょぐしょに濡れていた。俺の陰毛にべったりとくっついて糸を引くほどだ。これならそう痛くはないだろう。でも破瓜《はか》の痛みはあるんじゃないだろうか。

「師匠は、痛くないですか？」

「？　ワシ？　なんでじゃ？」

「いやだって、処女膜……」

「魔術で痛みは消してるから……。って、心配してくれたのけ!?　マコト～～♡」

ぎゅうっと抱き着いてくる師匠。潰《つぶ》れるおっぱい。気持ちいい。柔らかい。

そっか、師匠、大陸で一番の賢者だったわ。破瓜の痛みがどれくらいのものか男の俺にはわからないけど、魔術で痛みを消すくらいは造作もないのだろう。

「お主《ぬし》は優しいのう♡　んあっ♡　ワシがこうして動きやすいように♡　任せてくれておるし♡」

にゅぷにゅぷと浅いところで抽送《ちゅうそう》を繰り返しながら、師匠は甘い声を出す。

「わ、わかって、たんですね……？」

その抽送が俺のペニスを浅く浅く刺激する。強烈ではない、甘い刺激。

「無論じゃ♡　弟子のことならなんでもわかるわい♡　もっとも──」

と、師匠は急に腰を落とす。今まで到達しなかった深い部分にまで、一気に俺の竿が届く。

ぎゅむぅぅという初物ならではの締め付けに、

「うおっ……！」

「はぁん♡」

俺と師匠は同時に呻いた。

「んあ♡　もっとも、この馬鹿弟子が、勝手に童貞を喪失するなど、夢にも思わなんだが……」

きっ♡　と睨《にら》んでくる師匠は、しかしどこか可愛らしかった。

「まあ良い♡　こうして一つになれたのじゃ♡　いまはこの快楽の時を楽しもう♡」

そうして再び、挿入を深めていく。

「んあああっ♡　マコトのっ♡　大っきすぎて♡　ワシのアソコじゃ入りきらんっ♡」

嬉しいことを言われて、俺のアレがもっと大きくなった。

「ふぐぅ?♡　これ♡　いきり立つでない♡　入りきらんじゃろうが♡」

「だって、師匠、が、可愛い、から、仕方、ないです」

いまだって射精しそうなのを必死に我慢しているのだ。もしも主導権を得たら、すぐに出してしまうだろう。

「可愛いなどと♡　この、魔性のオスめ♡」

魔性のオスとはまた斬新な言葉だな。

そんな話をしながらも、俺のペニスは師匠の初壺《はつつぼ》をゆっくり蹂躙《じゅうりん》していく。誰も触れたことのないロジーナのバギナを、俺が一番に侵《おか》していく。

ロジーナの膣内は俺を受け入れるように、ぱくぱくと口を開けていった。そして、

「あっ、あっ、ここ、ここが、一番、奥、じゃ……♡」

師匠の動きが止まった。いや、ちょっとぴくぴくしている。試しに腰に触れてみた。

「ひゃあぅん♡」

ロジーナの身体全体がびくんっと震えて、可愛らしい声が出た。

「これっ♡　敏感なところにっ♡　触るでないわっ♡」

師匠は甘い声で抗議すると、対面座位で繋がっている俺の首に腕を回す。身体は足だけで支えられるらしい。

そうして、俺に優しく微笑んだ。

「マコト……♡　ワシの一番奥まで入ってくれて、ありがとう……♡」

「師匠……！」

彼女が愛《いと》おしくてたまらなくなって、ぎゅっと抱きしめる。

「ワシのこと、女と見てくれて、ありがとう……。ワシ、とてもしあわせじゃ……♡」

耳元で囁かれる感謝の言葉。

「ワシは醜女《しこめ》じゃから……。このような機会は一生ないと諦めておった……。ギルド神官かどっかの僧侶《クレリック》に催眠魔術でも施《ほどこ》してレイプしないかぎりは……」

後半は聞き流すことにする。

だが前半は無理だ。

「師匠は醜女なんかじゃありません。少なくとも、俺はそう思います」

「かっかっか。そうじゃった、んっ♡　マコトはブス専じゃったのう♡」

ぱくっ、と俺の耳を甘噛みする師匠。

「ちが……いや、もうそれでいいですが……」

「……のう、マコト?」

ロジーナがくっつけていた身体を離して、俺を見る。

「ワシ、可愛い?」

輝くような銀髪、ルビーのような瞳、女神のような――それでいて無垢《むく》な容姿。

前世のアイドルだってここまでじゃない。

俺は全力で頷《うなず》く。

「師匠ほど可愛いひとを、俺は見たことがありません」

「～～～～～～～～～！　そうかっ！　そうかそうかっ！」

師匠は嬉しそうに体を震わせる。俺と身体を繋げたままで。

「ならば――『可愛い』ワシの肉体《からだ》、存分に味わうがよいぞ♡」

言って、ロジーナは腰を上下させた。ぱちゅんっ、ぱちゅんっ、と卑猥《ひわい》な音が響き渡る。対面座位で、ロリ爆乳美少女が、その蜜壺で俺のペニスをしごき始めた。

「んあっ♡　んくっ♡　マコトっ♡　マコトっ♡」

座る俺の前で跳ねながら、ロジーナが苦しそうに、嬉しそうに俺の名を呼ぶ。

俺のペニスがさっきまで処女だったバギナにぎゅうぎゅうと締め付けられては解放され、またきつくきつく締め付けられる。

一秒ごとに繰《く》り返される極上の刺激。

一息ごとに迫《せ》り上がってくる射精の予感。

無理だもう。我慢できない。

「ぐ、師匠、もう、もう、俺、出そう――――！」

「んああっ♡　良いぞっ♡　良いぞ良いぞっ♡　出すが良いっ♡　出すのじゃっ♡　ワシの処女アソコにっ♡　オスの精液っ♡　マコトの子種汁っ♡　たっぷり出すんじゃっ♡　ワシの赤子袋をいっぱいにするのじゃっ♡」

「で、出るっ――――！」

ぎゅむぅぅと締め付けてくるロジーナの膣内に、俺はついに限界を迎えた。

びゅるるるるるっ！　どびゅるるるるっるるるるるっ――――！

身長一三〇センチの美少女をぎゅっと抱きしめたまま、ペニスが半分も収まっていないバギナに、俺は何の遠慮もなく盛大に射精した。

びゅるるっ――びゅびゅっ――！

「うおおっ……まだ、出るっ……！」

「んあ♡　ああっ♡　出てるっ♡　出てるんじゃっ♡　わかる、わかるぞっマコトっ♡　お主のおチンポがっ♡　嬉しそうにっ♡　ワシの膣内《なか》で精液を吐き出しておるっ♡♡♡」

俺の胸の中で、ロリ美少女が膣内射精《なかだし》されて悦《よろこ》んでいる。そんな彼女の顎《あご》を持って、唇を強引に奪った。

「んむっ♡　んんんっ♡」

嬉しそうによがるロジーナ。射精しながらするキスは、また違った味わいがある。上の口も下の口も体液を交換しているのだ。どこからが自分で、どこからが相手なのか、境界線が曖昧《あいまい》になるこの感覚は、他の行為では得難《えがた》いものだった。

「ぷはぁ――♡　マコト……♡」

唇を離すと、ロジーナはとろん、とした瞳で俺を見上げた。

「んあっ♡　んんっ、まだ、びくびくしてるっ♡　マコトのおチンポ、まだびくびくしておる……♡」

「師匠……。めちゃくちゃ気持ちよかったです……」

「うん♡　ワシも、とっても気持ちよかった♡」

繋がったまま、どちらからともなくちゅっちゅとキスをする。

そうしているうちに、

「んっ♡　マコトの……また、大きくなっておるぞ……♡」

「自然の摂理《せつり》です」

「かかっ。そんなものは大賢者であるワシも耳にしたことはないがの♡」

つつー、と指で俺の胸板を撫でるロジーナ。

「……また、したいの♡」

訊《き》いているのか、あるいはせがんでいるのか。どちらでも構わない。俺もまたしたい。まだまだしたい。

けれどその前に。

「ロジーナ……」

「はい♡　なんじゃ？♡」

名前で呼ばれると「はい」って返事する師匠かわいい。

「その凶悪なモノ……いつまで仕舞っておくつもりですか」

俺はロジーナの胸元を巻くタオルを指さして、そう訊いた。

だが、

「………………じゃって」

師匠はそっぽを向くと、拗《す》ねたように――いや、怖がるように、

「ワシ、これ、好きじゃない」

　自分の胸を持ち上げて、そう告げた。

　そっか、と思い至る。『胸が大きい』のはこの世界じゃ『醜いデブ』と同義だった。『巨乳』という言葉すら存在しないように。

「じゃから……見てほしくない……恥ずかしい……」

　しょぼん、とする師匠。

　しかし俺は自分の欲求を我慢できない。

「俺は見たいです。俺は――胸は大きいほど好きなんです！　お願いです、俺に師匠の恥ずかしいところ、見せてください！」

　彼女の腕を優しく摑んで、そう頼んだ。

　師匠はぽかん、と口を開けて、

「お主――そこまで？　そこまで変態じゃったの？」

　人聞きが悪い。

「だって身長一三〇・二センチですよね師匠？　でもおっぱいは一六〇・五センチあるんですよね師匠？　これ見たくないっていう男の方がどうかと思いますよ俺は、師匠？」

　俺が食ってかかると師匠は手で胸を隠して、

「ちょちょちょちょちょちょ！　なんでそんな細かい数字まで知っとるんじゃ!?　あっ、僧侶《クレリック》のわざじゃな？　悪いやつめ!!」

めっ、と子供を叱《しか》るように俺に指を突き付ける。しかし残念ながら効果は薄い。なぜなら可愛いから。

俺は突き付けられた指をはむ、と嚙んで、

「ひゃあん♡」

その手を握った。

「お願いします。俺は師匠のおっぱいが見たいんです。師匠のおっぱいを舐《な》めたいんです。師匠みたいな立派なおっぱい、俺の故郷じゃまずお目にかかれないんです。変態な馬鹿弟子の切実な願いをどうか叶《かな》えてください！」

頭を下げた。下半身を繋げたまま。

きっと前世で言うなら、足の指を舐めさせてとか、お尻の穴に舌を入れさせてとか、そういう性癖《せいへき》なんだろうな……。

「むぅ〜〜〜……我が弟子がそこまでの変態性癖持ちだったとは……」

師匠は俺に嚙まれた指を自分でもちゅぱちゅぱ舐めて（可愛い）、

「この人界無双のイーダ様の目をもってしても見抜けなんだわ……あっ♡　ちょっ♡　マコトお♡　おちんちんおっきくするのだめっ♡」

俺のペニスをあそこに入れっぱなしのクセに偉そうな喋《しゃべ》り方をするので、ちょっと大きくしてみたらあっさりとヘロヘロになった。可愛い。

師匠はこほんと咳払《せきばら》いをして威厳を取り戻すと、

「まったく、仕方ないのぅ……。そも、マコトとセックスできるだけでもありがたいわけじゃし……。それくらいならいてやらんでもないか……んあっ♡　じゃからっ♡　おちんぽっ♡膨《ふく》らませたらっ♡　気持ちよいからぁっ♡　ダメじゃってぇっ♡」

「じゃあ、いいんですね!?　師匠のおっきなおっぱい見せてくれるんですね!?」

「み、見るだけじゃぞ？」

「揉《も》んだり舐めたり吸ったり挟んだりしますけど！」

「揉んだり舐めたり吸ったり——挟んだりじゃと!?　なにを？　何を挟むんじゃ!?」

そっかー知らないのかーかわいいー。

「そのじゃあくな笑みをやめよ！　こわいっ！　なんか弟子がこわいっ！　にんまりしながら顔を近づけ——きゃうん♡」

師匠の腕を掴んで、そのまま押し倒した。

その拍子でペニスは抜けてしまった。「きゃうん♡」はそのときの声だ。

俺の下に、師匠が寝ている。腰まである長い銀髪が銀河のように散らばっている。

「ま、マコト……？」

「俺の世界じゃ、男が上になるのが『正常位』なんです」

「そ、そうなのけ……？　なんだか……破廉恥《はれんち》じゃのう？　まあ、積極的な男子も悪くない……いやむしろ好き……えっちな男子すき……可愛い……」

ぶつぶつ言ってるロリ爆乳師匠。

エッチが好きで積極的な女の子は可愛いよね。そういうことだよな。

まあそれは良いとして。

繰り返す。俺の下に師匠が寝ている。

「タオル、取りますね……？」

言いながらも、俺の指はすでにタオルにかかっていて、

「ん、んむ……」

師匠は緊張したように、その時を待った。

ぱさり、とタオルがほどかれる。

ロリ爆乳美少女の生まれたままの姿が、ようやく露《あら》わになった。

「………………デッカ」

ベッドに横になる師匠を見下ろしながら、思わず俺は呟《つぶや》いた。

一三〇センチの体軀は小さく、腕も、足も、肩も、腰も、体を構成する部位の何もかもがミニマムサイズ。

そのなかで、胸だけがひたすら大きかった。

おっぱいが一六〇センチもあるのだ。

あまりのサイズのおっぱいは重力に負けて、わずかに身体の横へ流れている。しかしハリはあるようで、乳首はしっかりと上を向いていた。すごい。

その乳首は、いじらしくも陥没していた。前世でいえば五百円玉ほどの大きなピンク色の乳輪が乳首を隠している。まるでいま、恥ずかしさから顔を隠している師匠のように。

「ワシの裸体……醜いじゃろ……？　あんまり見んでくれ……」

そうこぼす師匠に、

「いえ、めちゃくちゃ綺麗です」

俺は即答した。

そうして師匠の上に跨る。一三〇センチしかない師匠の顔の上に、俺の顔を寄せる。俺は膝を折って四つん這いになっているのに、それでも師匠の足はほとんど俺の身体から出ない。本当に小さい。これだけでマジで可愛い。

「師匠……」

ロジーナに口づけをした。「はむ……♡」と怯《おび》えるように応じる彼女。

自分が男に求められていることに実感がなく、自分がどれくらい魅力的なのかも自覚がないらしい。

「ロジーナ、可愛い、ロジーナ……！」

「んみゅっ……♡　みゃことぉ……♡」

彼女の名前を囁きながら、小さな唇を味わい尽くす。俺が少し大きく口を開ければ、彼女の唇はぜんぶ食べられてしまう。舌で、口内を犯していく。

「んちゅ♡　むちゅ♡　ちゅぱ♡　ちゅっちゅ♡　んむちゅ♡　れろぉ♡」

獣のように求められ、肩を震わせて怯えるロジーナ。それは求められることに怯えているのではなく、求められているこの現実がなくならないように怯えているようだった。

とても五〇〇年も生きているとは思えないほどの弱々しさ。儚《はかな》さ。女々《めめ》しさ。

五〇〇年の歳月を生きているからこそ、容易に『自分が女として認められる現実』を受け入れられないのだろう。

俺は彼女の不安を取り除くように、そしてそれと同じくらい自分の欲望に忠実に、ロジーナの爆乳に手を触れた。

「ひっ……」

ロジーナが身を竦《すく》ませる。己《おのれ》が最も忌避《きひ》している部分を、殿方に触られている。嫌われてしまうのではないか――そんな不安が彼女の中にある。

それが杞憂《きゆう》であることを示すように、俺はロジーナのたわわすぎるおっぱいを揉みしだいた。

もみゅう♡　ふぅわ♡　たっぷん♡

ロジーナのおっぱいは一流のパティシエが丹念に練り込んだ生クリームのように柔らかく織

細で、しかし老舗《しにせ》の和菓子店が看板商品として売り出す大福のように弾力があり滑《なめ》らかで、俺の手を優しく受け入れた。

「ひぃ……んっ♡」

ロジーナの怯えた声に、微《かす》かに官能の色が混じる。

触れられたことなどないのだろう。触れられる喜びもなかっただろう。

俺は、俺の中の僧侶《クレリック》の技を総動員して、ロジーナの国宝級おっぱいを愛撫《あいぶ》する。

五指を使って、乳房《ちぶさ》の外側をゆっくりと撫でていく。ぽわんぽにゅん♡　と形が変わっていくのを楽しみながら、彼女の反応を見ていく。

「ふぅ……ん♡　ま、マコト……♡　気持ち悪く、ないのかえ……？♡　ワシの胸、ほんとうに……？」

「師匠のおっぱいは最高です。こんなに大きくて綺麗でエロいおっぱい、初めて見ます。俺、この世界に来て良かったです」

「しょ、しょんな……♡　はぅん♡」

「ロジーナのおっぱい、俺、大好きです」

「はうぅぅ♡」

恥ずかしいのか、両手で顔を隠すロジーナ。

俺はさわさわと触れていた指を乳輪へ移動させ、「あっ♡」両手の間から思わず声を漏らす彼女の反応に嬉しくなりながら、その乳首をくりりっ♡　と優しくつねった。

「んっあああっ♡」

思わず出てしまう声。知らず飛び跳ねる腰。ロジーナは両手の間から俺を見ると、恥ずかしそうに睨《にら》んで、

「ま、マコトのいじわる……♡」

可愛すぎて死ぬかと思う。

乳輪に舌を這わせて、ゆっくりと円を描くように乳首へと迫っていく。

「ひぃん……♡　いやぁあ……♡」

あの偉そうな師匠が、未知の快楽に怯え、身を震わせている。俺の股間がさらに勃起する。いきり立ったそれを彼女の太ももに擦り付けながら、ロジーナの陥没した乳首に吸い付いた。

「ひぃぃぃぃんっ♡♡♡」

ロジーナの甲高《かんだか》い声が上がる。と同時に、俺の口の中に、生温かく、ほのかに甘い液体が溢《あふ》れ出した。

「んっ!?」

「んやあっ♡」

思わず乳首から顔を離して口を拭《ぬぐ》う俺。白い。乳白色の液体が俺の口から垂れている。いや乳白色っていうか、これ——母乳か?

「ああっ♡　ああんあっ♡」

「あの、師匠……母乳、出るんですか？」

「んっ♡　で、出るが……？　ドワーフの女は成長するとみんなそうじゃぞ……？」

「妊娠してなくても？」

「妊娠……？　しておらんぞ……？　ワシ、さっきまで処女じゃし……？」

そ、そうなの!?　この世界のドワーフって、そうなの!?　妊娠しなくても普通に母乳出るの!?　最高じゃん!!!

俺は興奮して再び師匠のおっぱいに吸い付いた。

「ひゃあんっ♡」

「じゅりゅりゅりゅりゅりゅりゅっ！　美味《うま》っ！　師匠の母乳、美味《うま》っ!!」

生温かいんだけどそれがちょうどいいっ！　今まで味わったことのない甘みがあるっ！　舌が喜んでる！　脳が喜んでる！　細胞が歓喜《よろ》こんでるっ！

これたぶん、魔素《マナ》的なやつだ。この母乳、魔力がめっちゃ濃い。俺のペニスがどんどん膨らんでく。興奮しすぎて脳の血管が千切れそう。

「師匠っ！　ロジーナっ！」

「ああぁっ♡　みゃことっ♡　らめぇ、らめぇぇっ♡」

俺はイカれたように、ちゅぱちゅるるるるるっ、と赤ん坊のように吸い付く。一六〇センチのおっぱいを掴み、「やぁ、やらぁ♡」と怖がって俺の頭を押しのけようとする師匠に構わず、舐めて吸い続ける。

「らめぇっ♡　みゃことっ♡　ちくびっ♡　そんなに吸ったらぁ♡」

「ぢゅるるるるるるるるもがもがもがもがもがもがもが！」

身長一三〇センチの女性のおっぱいに顔を突っ込ませてもがもが言う俺。翻訳するとこう。

「なにがダメなんですか何が！　こんな秘密兵器隠しておいて！　条約違反でしょこんなもん!!　この低身長で一六〇センチのおっぱい持ってるってだけでもガチ勃起ものなのに、こんな濃くて美味い母乳が出るとかそれだけで射精しますよ!!!」

れろれろれろれろれろちゅるるるるっるる!!

「やっ♡　やっ♡　変になるっ♡　おっぱいっ♡　変になるからぁっ♡　むねぇっ♡　こんなにっ♡　きもちいいって♡　わし♡　しらんかっ♡　んやああっ♡　もう吸っちゃっ♡　はぁぁあんっ♡」

いつしか俺の頭を押す師匠の手は、俺の頭を抱えるようになっていた。俺は自分の顔が収まりきるほどの爆乳に突っ伏して、ひたすらに乳首を吸う。

「あっ♡　やぁっ♡　くるっ♡　なんかくるんじゃぁっ♡　しらないっ♡　こんにゃのっ♡　おっぱいでっ♡　こんにゃになるなんてっ♡　わしっ♡　わしっ♡　みにくいおっぱいでっ♡　だいっきらいなおっぱいをっ♡　だいすきなおとこのひとにすわれてっ♡　イくっ♡　イっち

やうっ♡　イっちゃうんじゃあっ♡♡♡」

　びくびく――っ！

　俺の頭を乳房に押さえ付けたまま、師匠が弓なりに背中を反《そ》らせて絶頂した。

　このロリ爆乳美少女、乳首舐められて母乳吸われてイきやがりましたね……。

「……んはぁ♡　はぁっ♡　はぁっ♡　みゃこと……♡　みゃことぉ……♡」

　俺がベッドに寝かせると、師匠はくたぁ♡　と脱力しながら、俺の名を呼び続ける。

「おっぱい♡　吸いすぎじゃあ……♡　おろかもの……♡　そんなに吸ったら……♡　片っぽだけ♡　形が変になってしまうじゃろうが……♡」

「それはつまり、もう片方も吸えってことですか？」

「やっ、ちがっ、そういうことじゃ――はあああああああああああんっ♡♡」

　怯えて俺を押しのけようとする少女の細い手首をガシッと握り、抵抗するのも構わずロジーナのおっぱいに吸い付いた。こっちの乳首はまだ陥没したままだ。俺は舌で乳首を其《そ》れこりこりと掘り出して「ひゃあん♡」彼女の手が緩《ゆる》んだのをいいことに、己《おのれ》の両手で片乳房をぎゅうっと絞り出し、「ひぃああっ♡」隠れていた乳首と一緒に大量の濃厚母乳を吸いだした。

「んやあっ♡　んにゃあああああああああああああああああ♡♡♡」

　師匠が聞いたことのない鳴き声を出す。腰がばたばたと跳ねて、反対側の乳房からの母乳がぷしゃー♡　と噴き出した。

もったいねぇ。

俺はそっちの乳房も摑むと、両方の乳首を口に含む。二つのストローを咥《くわ》えるようなものだ。そして思いっきり搾《しぼ》り出した。

「ぃにゃあああああっ♡　にゃあああああぁっっ♡　んにゃああんにゃあああああああああああああああああああああああああああおおおおおお♡♡」

ロジーナの鳴き声が甲高いものから獣じみた低音へと変わっていく。人界無双の大賢者さまもこうなるとただのメスだな。

「おうっ♡　んおうっ♡　にゃおううう♡　みゃこっ♡　みゃっ♡　みゃことっ♡　ゆるしっ♡　ゆるじでっ♡　ゆるじでぇぇっ♡　イくっ♡　おっぱいっ♡　いっしょに♡　しゅったらっ♡　イっちゃう♡　しぼらにゃいでっ♡　しぼらにゃいでぇぇっ♡　しぼっちゃらめぇぇ♡　にゃあおおおおおおおおおおおおおおおおおおおん♡」

一六〇センチのおっぱいを強調するかのように、胸を天へ向けて絶頂するロジーナ師匠。じゅるるるるーーーーーーーーと俺に吸われていた母乳も、やがて出が悪くなり、ついには涸《か》れたように何も出なくなった。

ここまでか。

残り汁を吸いきって、まだ甘さの残る乳首から、俺はちゅぱっ♡　と口を離した。名残《なごり》惜しい。もっと吸いたい……が、これ以上やると師匠の身体が危ないかもしれない。もうすでに危なそうだが……。

「んにゃっ……♡　はぁにゃ……♡　ぎょぱっ……♡　はーっ♡　はーっ♡　はーっ♡　はーっ♡　はーっ♡」

師匠は俺から乳房を解放されると、ぺたん、とその小さな体をベッドに預け、魚のように口をぱくぱくさせて、必死に肺に空気を送っている。一六〇センチの爆乳はわずかに身体の横に流れ、乳首はぴぃんと勃起して、ちゅる、ちゅる、と透明な液体をこぼしている。

搾乳《さくにゅう》した。

搾り尽くした。

天使みたいな美少女のおっぱいを、搾乳し尽くした。

その事実に、俺の脳髄《のうずい》が痺《しび》れるような快感を得る。フル勃起したペニスは触っただけで射精しそうだ。だが手でシゴくのはもったいない。ここにもっとよいものがあるじゃないか、とオスの本能が告げる。

「はぁっ♡　はぁっ♡　んにゃ……？」

イキ地獄から解放された師匠が、弟子が再び動き出したのを見て訝《いぶか》しむ。

俺は、師匠のおっぱいから滲《にじ》み出てベッドに溜《た》まる母乳を指で掬《すく》うと、それを自分の陰茎になすり付けた。滑りが良くなるように。

師匠のおっぱいは、師匠自身の母乳でぬちゃぬちゃになっている。問題ない。

「はにゃ……？　みゃ、マコト……？」

「………………」

困惑《こんわく》する師匠の上に──上半身に跨る。小さい師匠の身体がさらに小さく見える。俺のペニスが、師匠の胸の谷間にびぃん、と位置する。

「にゃにを……する気じゃ……？」

「さっき言ったでしょ」

「…………なんて？」


「挟みます、」


告げて、俺は師匠の爆乳を再び掴む。

「はにゃんっ!?♡」

搾り尽くされて敏感になってたらしい乳房を掴まれて、可愛らしいメス声を上げるロジーナ。

俺は彼女の爆乳で、俺のペニスを包み込んだ。

「にゃっ!?　にゃにゃにゃにゃにゃっ!?」

ロジーナが困惑する。知る由《よし》もないだろう。一部の男は、これが挿入よりも大好きなのだ！

パイズリが！

アソコに挿入するより！
大好きなのだ!!!
一六〇センチの爆乳に俺のペニスがすっぽり収まってしまう。柔らかい。温かい。ねばっこい。俺は師匠の胸を勝手に使って、腰を動かし、センズリを始めた。
天使みたいな少女の胸を無断で使って、オナニーしているのだ。
ずっちゅ♡　ぬっちゅ♡　ずっちゅ♡　ぬっちゅ♡　ずっちゅ♡　ぬっちゅ♡　ずっちゅ♡
ぬっちゅ♡　ずっちゅ♡　ぬっちゅ♡　ずっちゅ♡　ぬっちゅ♡　ずっちゅ♡　ぬっちゅ♡
ずっちゅ♡　ぬっちゅ♡　ずっちゅ♡　ぬっちゅ♡　ずっちゅ♡　ぬっちゅ♡
「にゃっ……なにをしておるんじゃマコトっ!?　んあっ♡　ちくびっ♡　こすれてっ♡　はぁんっ♡」
狼狽《うろた》える師匠だったが、俺がパイコキしながら乳首をくりっと弄《いじ》っただけで甘い声を出した。
それどころか、もう魔力が回復しているのか、俺のペニスが1ストロークするごとに母乳が噴き出してくる。
「あっ♡　あっ♡　またっ♡　また出るっ♡　またおっぱい出ちゃうんじゃっ♡　やめっ♡
もうおっぱい使うのっ♡　らめぇっ♡　あっ♡　んああっ♡　ああおおおんっ♡　イくっ♡
イくぅっ♡　おっぱい勝手に使われてっ♡　またイっちゃうぅぅぅ♡」
にゅっぽ♡　じゅっぽ♡　ずっちゅ♡　にゅっちゅ♡　にゅっぽ♡　じゅっぽ♡　ずっちゅ

♡　にゅっちゅ♡　にゅっぽ♡　じゅっぽ♡　ずっちゅ♡　にゅっちゅ♡　にゅっぽ♡　じゅっぽ♡　ずっちゅ♡　にゅっちゅ♡　にゅっぽ♡　じゅっぽ♡　ずっちゅ♡　にゅっちゅ♡

俺のカウパーと師匠の母乳で、師匠のおっぱいはぬちゃどろになっていた。心地よい潤滑油だ。低身長爆乳美少女の天然ローションがパイズリを促進させていく。

「師匠！　自分ばっかりイってないで俺もイかせてくださいっ！」

「んにゃあっ!?♡　しょんなっ♡　でもっ♡　おっぱいがぁっ♡」

「ほら、自分でおっぱい持って！　俺のチンポを挟むんです！　ぎゅうって、空気が抜けるくらいきつく！」

「はぁんっ♡　わ、わかったわいっ♡　お主がっ♡　マコトがそう望むならっ♡」

師匠が見様見真似で俺のペニスを挟む。俺はその手を持って、より圧迫が強くなるように姿勢を導く。

「くっ――きっつ――！　処女アソコよりキツくないかこれ……！　いいですよ、ロジーナ。めちゃくちゃ気持ちいいです……！　あなたのおっぱい、最高ですよ！」

「あっ♡　んあっ♡　う、嬉しぃ……♡　ワシのおっぱいがっ♡　喜ばれてっ♡　良いぞマコトっ♡　ワシの醜く育った胸っ♡　好きなだけ使うが良いっ♡」

「違います！　醜いんじゃない！　いいですか、師匠のおっぱいは醜いんじゃない！　いやらしいんです！　今後俺の前で醜いなんて言ったら許しませんからねっ！　醜いじゃなくて、いやらしい!!」

　ぎゅうっと乳首をつねりながら師匠を調教した。

「ひぃぃぃいんっ♡　わかった♡　わかったから♡　ちくびっ♡　つねるのらめじゃあっ♡　いやらしいっ♡　いやらしいんじゃ♡　ワシのおっぱいはっ♡　おっきくてっ♡　頭よりもおっきくなって♡　いやらしいおっぱいなんじゃあっ♡♡♡」

　師匠は自分で言っているうちに感じているようだった。「いやらしい」と口にするたびに、乳首から母乳がぴゅぴゅーっと噴き出してくる。

「ええそうです！　師匠のいやらしく育ったおおきな胸に！　俺が射精しますからね！　いいですか！　乳内射精《なかだし》しますよ!!　おねだりしなさいっ!!」

「は、はいぃっ♡　マコトのっ♡　男様のっ♡　せいえきっ♡　濃い精液っ♡　ワシのいやらしいおっぱいの中にっ♡　たっぷり出してくだしゃいぃぃぃ♡♡♡」

「――出るっっ！」

　どびゅるるるるるっ！　びゅるるるっるるるるるっ！　どくどくーーーーっ!!

　天使みたいな女の子の、頭より大きな二つのおっぱいの中に射精した。

　自慢じゃないが俺のペニスは三〇センチくらいある。しかしそれでも、師匠のおっぱいにすっぽり収まっている。

　収まりきったペニスは、ロジーナの爆乳に挟まれたまま射精した。いわゆる乳内射精《なかだし》だ。

「うおおっ……！　ロリデカおっぱいの中に俺の精子がっ……！」

「やぁっ♡　ワシの、ワシのいやらしいおっぱいのなかでっ♡　マコトのおちんちん♡　びくびくってしてるっ♡」

「ロジーナ、そのまま左右交互に、上下に動かして……。そう、搾り取るように……」

「こ、こうかえ……？」

「うおっ……！」

ぎゅむ、ぎゅむむ、と俺の股の下で爆乳を左右交互に動かすロジーナ。膣内で搾り取られるのとはまた違った快感に、俺の腰がひくひくと動いてしまう。

「ふうぅ……。いいですよ、師匠……。おっぱいを開いて、見せてください……。男に蹂躙《じゅうりん》されたロジーナのいやらしいおっぱいを、殿方である俺にしっかり見せてください」

可愛いロリ娘の頭をヨシヨシと撫でながら、俺はそう促した。

師匠は頭を撫でられて嬉しいのか、恥ずかしがりながらもしっかり見せてくれた。

「んっ♡　わ、わかった……」

くぱぁ、と一六〇センチの爆乳が開放される。俺の精液とロジーナの母乳まみれになった師匠の谷間に、白い粘液の橋がいやらしく何本も垂れ下がり、また谷間の底には湖のように、精液と母乳の混じった液体が溜まっていた。

「あっ♡　マコトの精液♡　たくさん出てるわい……♡」

自分の胸元を見下ろして嬉しそうに呟く師匠。

そのロリ顔の前に、俺は射精したばかりのペニスを突き付けた。俺は僧侶《クレリック》の声に従って、命令する。

「舐めなさい、ロジーナ。男様のおちんぽです。綺麗にするのですよ」

「にゃあ♡　はい……♡　おちんぽ、綺麗にします……♡」

ちっちゃいお口でぺろぺろとペニスを舐める師匠。亀頭を咥え、カリや竿全体を舐め回し、精液と母乳にまみれた陰茎を清らかにしていく。天使みたいな見た目の少女にお掃除フェラさせてることで背徳感がパない。

「んちゅ♡　ちゅくっちゅくっ♡　……ぷは♡　どうじゃ？　綺麗に、なったじゃろ？」

口の周りに精液と母乳と陰毛をくっつけたロリ爆乳美少女が、俺の股の下でにっこりと微笑んだ。

それを見ただけで、俺のペニスは再び勃起を始めている。

また、このバギナに挿入したい。

「んふ♡　マコトもまだまだ元気いっぱいじゃの♡　ワシも――ワシももっとしたいのじゃ♡」

師匠は胸に溜まった精液を指で掬い、俺に見せつけるようにして舐めながら、そんなことを言う。

「ワシの胸、お主の精液でベッタベタじゃ♡　もう、仕方ないのう♡」

俺の股の下からのそのそと這い出して、師匠はさっき取り去ったバスタオルを拾いに行く。四つん這いで。

俺に無防備な尻を見せて。

ロジーナは胸だけじゃなく、尻もデカかった。ぷりっとして、太ももぷにっとしてて、美味そうだった。

ベッドテーブルにあった果実水の入った水差しを持って、

「マコトも飲むかえ——ひょえっ⁉」

「ロジーナ……！」

無防備すぎるケツを晒《さら》していたロリ爆乳美少女に、後ろから襲い掛かった。

「みゃっ！　待つのじゃっ！　そんな急に、あっ♡」

後ろから覆い被さって、シーツにたぷん♡　と乗っかっていた爆乳を揉みしだくと、師匠はあっさりといやらしい声を上げた。

たまらない。俺は怒張したペニスをバギナにくっつけて、

「まこっ——ああんっ♡」

一気に挿入した。中はぐっしょり濡れていて、ほとんど抵抗はなかった。俺のペニスが中ほどまで咥え込まれる。それで、師匠の最奥《さいおう》にぶち当たった。

「ひぃぃんっ♡　みゃっ♡　みゃつんじゃっ♡　このような♡　獣のようなまぐわい方——は、

恥ずかしっ♡　んじゃああっ♡」

うるさい黙ってろ。

細っこい腰を摑んで、ばごんばごんと打ち付ける。そのたびにデカいケツ肉が波を打つ。

「んおおっ♡　おおんっ♡　おちんぽっ♡　奥までっ♡　挿入《はい》ってるんじゃああっ♡」

「師匠だって獣みたいな喘ぎ声上げてるじゃないです、かっ！」

「んおっ♡　だっ、だめじゃっ♡　だめっ♡　らめぇっ♡　後ろからじゃなんてっ♡　ぜんぶ見られちゃうっ♡　はっ、恥ずかしいからっ♡　おおおおっ♡」

そう叫ぶ師匠の膣内はしかしぎゅうぎゅう締め付けてくる。締まりが良すぎて動きにくいほどである。恥ずかしいのが好きなんだな、この人。なんとなくわかってたけど。

「ええ、全部、見えてますよっ！　ほら、師匠のあそこもっ、尻穴もっぜんぶっ！」

「らめぇ♡　やっ♡　やらぁぁっ♡　見るでないっ♡　見ちゃらめぇぇぇ♡　んあっ♡　んおおおおっ♡♡♡」

感じすぎてイキまくってるらしい。バギナがぐっちょぐっちょに収縮を繰り返しながらぴしゅぴしゅと潮を吹きまくっている。上の口も涎《よだれ》を垂らして「おん♡　おん♡」言ってるし、桃尻はびくんびくんと痙攣してるが俺が腰を摑んでいるので逃げようがない。上半身はもう力が入らないのかぐったりしていて、横に流れた爆乳が母乳を垂れ流している。

師匠は絶頂が止まらないのか、俺がペニスを抜いて、ベッドに身体を横たわらせても痙攣し続けていた。

「あぐっ♡　まだイぐっ♡　弟子にいいようにイかされるっ♡　弟子に人形みたいに扱われてっ♡　イぐっ♡　イっぐぅぅぅぅ♡」

顎《あご》を反らしてイキ続ける師匠の身体をぺたんと返して、仰向《あおむ》けにさせた。

「みゃっ♡　みゃこっ♡　マコトっ？」

何かを察して抵抗しようとする師匠を組み伏せて、俺は抜いたばかりのペニスを再びロジーナのバギナに挿入した。

「ひぃんぐっ♡　まっ♡　待つんじゃっ♡　いまイっておるっ♡　いまイっておるからぁ♡　いま入れちゃだめなんじゃっ♡　らめ――おおおおんっ♡」

師匠の膣穴を、俺のペニスでごりごりと蹂躙する。ロリ娘の尻を持って腰を浮かさせ、表側を擦《こす》るようにして責めてやる。

「あああおんっ♡　にゃっ♡　にゃんじゃこれっ♡　そこっ♡　そこらめじゃあっ♡　そこ擦られるとっ♡　ワシのあたまのなか真っ白になっ――おおおおっ♡♡♡」

びくびくと痙攣し続ける身長一三〇センチの美少女。

俺はその折れそうなくらい小さな体を抱きしめて、絶頂する彼女にキスをする。唇をついばみ、舌を入れて、口内も蹂躙する。

「んちゅっ♡　べろちゅっ♡　んはぁっ♡　みゃっ♡　みゃことっ♡　みゃことぉっ♡　みゃ

こっとぉっ♡」

ロジーナも俺を求めて舌を躍《おど》らせてきた。至近距離で見つめ合う俺たち。師匠の瞳はトロトロに蕩《とろ》けながらも、オスを求める獣性に満ちていた。そうして一回り以上ある俺の身体にくっついて、俺の腰に足を絡ませてだいしゅきホールドをする。イキながらするキスは、やはり格別のものがある。

「ワシっ♡　わしっ♡　まことがすきじゃあ♡　だいすきなんじゃあっ♡　ずっと♡　ずっと♡　ずっと♡　だいすきだったんじゃあっ♡」

ただの男に好き勝手にペニスを突っ込まれながら、天使みたいなロリ爆乳美少女が愛の告白をした。

俺は思わず腰を止めてしまう。

「師匠——？」

「ほんとじゃっ♡　童貞とかっ♡　儀式とか関係ないっ♡　わしっ♡　わしっ♡　この半年間でっ♡　お主のことっ♡　心の底からっ♡　ほっ♡　惚《ほ》れてしまったんじゃっ♡」

それを聞いた俺は、乱暴な抽送をやめて、師匠の一番奥でペニスを熟成させるように留《とど》めた。

四方八方から柔らかくて温かい膣肉が俺のペニスをぎゅっと抱きしめる。絶対に離すまいと包み込む。

師匠は両足を俺の腰に回したまま、両手で俺の頬を包む。

「マコト♡　マコト♡　好きじゃ♡　大好きなんじゃ♡　ワシはもう男になれんでもいい♡　マコトさえおってくれればそれで良いのじゃ♡」

「師匠――！」

たまらなくなって、師匠にキスをする。

「あむっ♡　んむ♡　好いた男と接吻《キス》しながら交尾するの、最高に気持ちいいんじゃ♡　ああっ♡　まことっ♡　まことっ♡　もっと突いておくれ♡」

言われるまでもない。こんな可愛い女の子に告白されながらセックスできるなんて夢にも思わなかった。ロジーナに俺の痕跡を残すかのように、深く深く抽送する。

「んはあっ♡　またイくっ♡　大好きな男に奥までチンポ突っ込まれてイくっ♡　これっ♡　これがセックスなんじゃなっ♡　ワシ♡　愛した男とセックスしてるんじゃなっ♡」

師匠がぎゅーとくっついてくる。ちっこい身体で、でっかいおっぱいを潰れるくらい当ててくる。

「っ♡　そこっ♡　そこ気持ちっ♡　いいっ♡　んじゃあっ♡　あっ♡　にゃあっ♡　だめっ♡　だめじゃっ♡　またイくっ♡　またイっちゃうんじゃっ♡　マコトにおちんちん突っ込まれてっ♡　またイっちゃうんじゃあ〜〜〜っ♡♡♡」

びくびくーっと何度目かの絶頂に至るロジーナ。

はぁ、はぁ、という苦しげながらも甘い吐息《といき》が、俺の耳にかかる。

そして師匠はこんなことを口にした。

「ワシ、『女』じゃ……♡」

俺の下で喘ぎながら、ロジーナが夢うつつの表情で呟く。

「ああ……マコト、ワシ、『女』じゃあ……♡　『女』じゃった……♡　ちゃんと、『女』じゃった……♡」

目に涙を浮かべて、俺を見た。

「『女』の気持ちよさ、わかったんじゃ……♡　マコトに『女』にされたんじゃ……♡」

「そうです、ロジーナ。あなたは俺の女です」

「〜〜〜♡♡♡　そうじゃっ♡　ワシ、マコトの女じゃ♡」

じゃから、と俺にねだる師匠。

「もっと……激しくしておくれ♡　ワシがマコトの女《モノ》じゃって、もっともっとワシの身体にわからせておくれ♡」

俺は笑って、

「いいんですか？　師匠の身体ちっちゃいから、壊れちゃうかもしれませんよ？」

「ばかめ。ワシを誰じゃと思っておる。人界無双、大賢者んぎゃぴっ♡」

口上《こうじょう》の途中で無様な鳴き声を上げる師匠。もちろん俺がペニスで黙らせたのだ。具体的には下半身を持ち上げて、上からペニスで子宮を潰してやった。まんぐり返しに近い。

「んびゃっ♡　ばかっ♡　ばかぁっ♡　いまっ♡　わしがっ♡　話してるとこっ♡　んきゃぴっ♡　それっ♡　それだめじゃあっ♡　よわいところっ♡　よわいところ潰れちゃうっ♡　わしの赤子袋つぶれちゃうんじゃっ♡」

泣きながら、それでも快楽に酔いしれた目で訴えてくる師匠。そんな顔でやめてと言われても逆効果だとわからないのか。

「人界無双の大賢者さまが、なーに俺みたいなザコのチンポではしたない声出してるんです、かっ！」

「んぎゃぴっ♡　やめっ♡　それやめぇっ♡　弟子のくせにっ♡　なまいきっ♡　じゃぞっ♡　師匠のいうことをっ♡　んきゃっ♡　あっん♡　んあっ♡　やぁっ♡　ちょっ♡　いったんっ♡　やめっ♡　こらぁっ♡　あああんっ♡　にゃああっ♡　いぐっ♡　またいぐっ♡　でしにおちんちんつっこまれてっ♡　まだいっぢゃうっんじゃああっ♡♡♡」

ぴしゅーっと自分の潮を顔に浴びるロリ師匠。くっそエロい。もう限界だ俺も。

「師匠！　ロジーナ！　イきますよ！　中で出しますからね！」

「んああっ♡　にゃああぁあんっ♡　きてっ♡　きてきてっ♡　でしのせいえきっ♡　たっぷり出すのじゃっ♡　だしてくださいっ♡　ワシの中にっ♡　マコトのこだねっ♡　たくさんたっくさん♡　だしてっ♡　マコトの女だってっ♡　きざみつけてっっ♡」

小さな師匠の身体を押さえつけて、その膣内に欲望をぶちまけた。

「出るッッ!!」

びゅるるるるるるーっ!!　どびゅるるるるるるるっー!!!　どくどくびゅるるるるるるるるるるるるるるーーっ!!!

「んにゃああっ♡　出てるっ♡　どくどく出てるっ♡　マコトのおっきなおちんちんから♡濃くて粘っこい精液っ♡　たくさん注がれてるのっ♡　わかるんじゃあっ♡」

びゅるるっ！　ぼびゅるるっ！

「マコトの精液っ♡　弟子の精子っ♡　男様の子種汁っ♡　ワシの膣内にっ♡　たっくさん入ってきておるっ♡　ああっ♡　あああっ♡　すごいっ♡　すごい量じゃっ♡　ワシの中に半分も収まりきってないでっかいおちんぽからっ♡　ワシの小さな赤子袋にどばどば出てるんじゃぁあっ♡♡♡」

師匠が自分の平べったいお腹《なか》を見ながらそんなことを叫ぶ。師匠のことだから、本当に視《み》えてるのかもしれない。こう、師匠の卵子に、俺の無数の精子が犯しに行くさまが。

「んあああっ♡　はーっ、はーっ♡　まだ出てるぅ♡　マコトぉ♡　お主っ♡　ワシをそこまでして孕《はら》ませたいのかえ♡　お主の精液っ♡　ワシのなかでぴちぴち跳ねながらっ♡　奥の奥まで入り込んでくるぞっ♡」

「そりゃ、師匠は可愛いですからね」

師匠の身体を寝かせて、可愛い顔にキスをする。

「んちゅ♡　んんっ♡　しあわせっ♡　しあわせじゃっ♡　まことっ♡　ぬいちゃだめじゃぞっ♡　このままじゃっ♡　出し切ってもこのままじゃっ♡　ワシのなかから♡　マコトのおちんぽは♡　ぜったいにはなさんからのっ♡」

涙を流して喜びながら、師匠が可愛いことを口にする。俺は弟子らしく「わかりました」と答え、彼女の膣内に最後の一滴まで注ぎ尽くした。

☆

ロリ爆乳美少女に思いっきり膣内射精《なかだし》した。人生で最も気持ち良い瞬間の一つだ。俺はその余韻《よいん》を味わいながら、師匠の小さな肉体を抱きしめる。

「んあっ……♡　マコトっ……♡」

「師匠……」

はぁ、はぁ、と二人の荒い息が部屋に響いている。それ以外に音はない。

俺に抱き着いていたロジーナのちっちゃい手が、俺の後ろ髪を撫でた。

「はぁっ、はぁっ……。ううっ、ワシっ、ワシっ……」

顔をくしゃくしゃにして、師匠がまたも泣きだしてしまう。

「ほんとにっ……セックスできたっ……。処女……卒業……できたっ……。信じられん……。

ワシみたいな醜い女がっ……。マコトみたいなカッコいい男とっ……。処女卒業エッチできるじゃなんてっ……」

ひっく、ひっく、としゃくりあげる師匠。

「マコト……。我が弟子よ……。ワシはお主に全てを授ける……。お主の師匠として、お主の女として、全てを捧げる……。ありがとう……本当に……セックスしてくれて、ありがとう……！」

ロリ爆乳美少女に「セックスしてくれてありがとう」と感謝されている。前世では絶対にありえない状況だ。

「俺の方こそ、ありがとうございます、師匠」

俺は素直な気持ちを彼女に伝える。

「師匠が処女でいてくれて。師匠の初めてを俺にくださって。師匠がこんなに可愛らしくて。俺は本当に――この世界に来れて、師匠に拾ってもらえて、幸せです」

「～～～っ！　うわぁあああああんっ！　マコト～～～～～!!!」

師匠の涙腺《るいせん》が決壊して、いやもう決壊済みだったのだけど完全に崩壊して、俺に抱き着いてきた。

「ワシもじゃっ！　ワシの方がしあわせじゃっ！　五〇〇年ずっと独りじゃった！　誰にも相手にされないと思っておった！　だのにお主が来てくれた！　ありがとう、ありがとうマコ

ト！　ワシの処女《はじめて》を受け取ってくれて、ありがとう!!」

「こっちこそです、師匠。ありがとうございます。こんなに小さいのに、こんなに大きく育ってくれて」

「マコトこそ！　こんなに可愛いのに、こんなに大きいのを持っててくれてありがとうじゃ！」

笑ってしまう。

キリがない。

けど心地いい。

師匠とこうして心も体も繋がって会話ができることが、この上なく心地いい。

「愛しておるぞ、マコト」

「愛してます、師匠」

ちゅう、ともう一度キスをして。

師匠の中で俺のペニスがまた大きくなったので。

「……ま、また、してくれるかの……？」

おずおずとそう尋ねてくる師匠に「もちろん」と答えて、またセックスした。

一晩中、何度もセックスした。

師匠の膣内は最後までキツくて、母乳もたくさん搾って、俺も何度も射精した。

腹が減ればコテージの食料を適当に食べて、またセックスした。同じものを食べて、同じものを飲んで、またセックスした。

肉体も精神もドロドロになって同化したみたいだった。師匠の身体は沼みたいにずぶずぶと俺を沈ませていく。膣を責めれば喘ぎ、胸をつねれば悦《よろこ》んだ。

コテージの中は風呂もあって、なぜかマット的なモノもあったりして、二人でねばねばになってセックスした。

師匠の魔法で俺が五人に分身して、師匠は五人の俺からされてとても気持ちよさそうだった。師匠もまた分身して、俺は五人のロリ爆乳美少女に身体中を洗われてめちゃくちゃ気持ちよかった。

分身中は全員の性感が味わえるみたいで刺激も五倍楽しめた。

俺が五人になっているときは、師匠のバギナを犯しながら、師匠の口を犯している。おっぱいもペニスでいじめてるし、その様子を眺めながら師匠の小さい手や綺麗な髪の毛を使ってペニスをしごく。

一三〇センチの小さい師匠を寄ってたかって攻めるのが控えめに言って最高だった。逃げ出そうとする師匠を捕まえて、押し倒し、エナジードレインでおとなしくさせた後、五体同時に射精したときは気持ち良すぎて意識が飛んだほどだ。

すると師匠はお返しとばかりに分身して、その大きなおっぱいやお尻、小さな口や手で俺の身体を丹念に揉み解《ほぐ》し、五体全員に中で射精させた。膣内と口内へ交互に出させた。天使みたいに可愛いロリ師匠が、寝転がる俺の股間に群がって、小さな舌で俺のペニスや金玉をぺろぺろ舐めるのが最高に気持ち良かった。

師匠はもう一回俺を分身させると、五対五の乱交プレイを御所望《しょもう》し、俺たちはそれぞれ別の体位でまぐわった。俺は師匠と対面座位でセックスしながら、もう一人の自分がバックで師匠を攻めたり、もう一人の師匠が騎乗位で俺をレイプしたりするのを見て楽しんだ。

まるで万華鏡《まんげきょう》のように、俺たちはセックスにイカれていた。

そうして。気が付けば。

「……やっべ」

一晩だけの約束だったはずなのに。

「ルルゥさんとアーシアちゃん、ガチギレなのでは……？」

一週間が過ぎていた……。

エピローグ　これからも、逆転異世界ライフ。

「マ・コ・ト・さ・ま〜〜〜？？？？」

ルルゥさんが笑顔でキレそうである。

「詳しく……説明してください。今、ボクは冷静さを欠こうとしています」

アーシアちゃんは真顔でキレそうである。

コテージから一週間ぶりに出ようとした俺たちは、出入り口の罠《トラップ》にハマって動けないルルゥさんとアーシアちゃんを発見した。

そう、罠《トラップ》である。

このコテージは、言い換えれば、人外無双の大賢者イーダの『陣地』である。拠点《きよてん》であり、工房であり、砦《とりで》なのだ。

家の玄関に鍵をかけるように、外からの攻めに対して当然のごとく対策が施《ほどこ》されてある。

見た目はテントであるこの砦は、師匠の許しがある者には素敵なコテージに、そうでない者には恐怖のダンジョンへ自動的にご招待する機能があるらしい。

恐怖のダンジョンってなんだよ。

そう思った俺は一秒で納得した。コテージのリビングから一歩出たらそこは巨大な洞窟の一部になっていて、床や壁や天井にはウネウネした触手やぐつぐつと煮え滾《たぎ》るマグマや不定形スライムの群れがあちらこちらを埋め尽くしていた。

その天井に、ルルゥさんとアーシアちゃんが、さかさまになって触手によって拘束されていた。全裸で。

「とりあえず下ろしていただけませんか？　手持ちの食料も回復薬も切れそうなんですが？」

「すでに三日が経過しようとしているんだよ。さすがのボクたちもそろそろ限界なんだよ」

S級冒険者の二人でも、師匠の砦を突破するのは叶《かな》わなかったらしい。

「ワシのトラップの七割が壊されておるじゃと!?」

師匠は師匠でショックを受けている。三〇億くらいするんじゃが!?　と叫んでいる。やべぇな。

とりあえず師匠はトラップを解除し、洞窟はコテージの庭へと戻った。解放された二人はぐったりとしているものの、命に別状はなさそうだった。

「くっ……触手にレイプされるなんて……！」

悔しそうに唇を噛みしめる全裸で女の子座りをするルルゥさん。

「こんなに気持ちいいとは知りませんでしたわ！」

どっちかっていうと知らなかったことが悔しいらしい。

触手鎧《よろい》を着てたはずのアーシアちゃんもまた全裸で尻もちをついて呆然としている。

「触手くんはマグマに飲み込まれちゃった……。親指を立てて沈んでいく姿に涙が止まらなかったよ……」

しかし庭から触手鎧がぽこんと生えた。

「触手くん！　無事だったの⁉　え、実はダンジョンの触手と一緒になってボクをいじめてたって？　あー、道理でボクの弱いところ知ってると思ったあの触手ー☆」

わろてる。なんでやねん。

「やれやれ……。無事だったから良いものの、お主《ぬし》ら、下手《へた》をすれば死よりも恐ろしい快楽地獄へ堕《お》ちるところじゃったぞ？」

師匠がため息をつきながら回復魔術をかける。しゃきーん、と治るルルゥさんとアーシアちゃん。

「一週間も二人で快楽地獄に浸《ひた》ってたあなたに言われたくはありませんわ！」

「なんかツヤツヤしてるしムカつくんですけどー‼」

きーきー訴えるお二人。

とりあえず謝っとこう。

「ごめんなさい。俺も悪いんです。師匠の（コテージの）中、居心地がよくってつい……」

「「中の居心地が良い!?」」

三人がハモった。そうじゃねぇよ。

「……まぁ確かに、一晩という約束じゃったのに一週間もねんごろしたワシも悪かったの。すまん」

師匠はぺこりと頭を下げる。

素直に謝られるとは思ってなかったのか、二人は顔を見合わせて、

「まぁ……わかれば良いんですわよ」

「うん……マコト様とエッチするとそうなっちゃうよね」

器《うつわ》が大きいところを見せてくれた。

「それに触手トラップ気持ち良かったですし。今度アーシアの鎧借りようかしら」

「スライム姦も良かったよね。腸内《おなか》がデトックスされた感じ。またやってほしい」

変態なところも見せてくれた。

「ふむ。ルルゥ殿。ギルドへの報告は済んでおるかの？」

「ええ、それはもう」

「では詫びも兼ねて、茶でも飲んで行くが良い。色々と話も聞きたいしの」

「光栄です。お言葉に甘えますわ。人外無双の大賢者イーダ様の言い訳、美味《おい》しいお茶菓子とともにたっぷりと聞かせていただきます」

「イーダ様、シャワー貸してくれません？　触手とスライムでネバトロなんです。あるんでしょ？　エッチなシャワールームが」

「お主らもうちょっと遠慮せん？　いや、ワシが悪かったんじゃが……」

三人が揃《そろ》ってコテージの中へ戻っていく。

良かった。前みたいな殺し合いにはならなくて済んだ。

ほっと胸を撫で下ろしていると、

「マコト様？」

「なにやってるの？」

「ほら、はようせい」

と三人が俺を振り返った。俺を呼んでくれた。

何でもないその光景が、俺には――とても嬉しかった。

三十歳まで女性経験がなくて、高級ソープで童貞を捨てようとしていた俺が、誰かから求められる日が来るなんて。

彼女たちは、『醜女《しこめ》である自分を認めてくれる殿方』なんて言ってくれるけど、それは俺だってそうなんだ。

俺が俺であるだけで認めてくれる相手なんて、存在しないと思ってた。何の役にも立たないただの男が、『ただそこにいてくれるだけで良い』なんて肯定《こうてい》されるなんて、思ってもみなかった。

「うん、すぐに――」

「お茶を飲んだらまたセックスしましょうね♡」

「またマコト様にいじめてほしいなぁ♡」

「マコト♡　ワシのおっぱい、また使っておくれ♡」

三人とも瞳がらんらんと輝いていた。あっ、これ捕食されるやつですね――！

美少女エルフと、ボクっ娘《こ》美少女と、ロリ爆乳美少女に手を引かれてコテージに入る。

パーティ唯一の男であり、僧侶《クレリック》である俺は、これからも三人の美少女に搾《しぼ》り取られる毎日が待っている。

それはなんて幸せな日々だろう。

というわけで――これからもイチャイチャとエロ楽しい異世界ライフを満喫するぞ！

あとがき

初めまして、こんにちは、お久しぶりです。妹尾尻尾《せのおしっぽ》と申します。

本作は、小説投稿サイト「小説家になろう（内ノクターンノベルズ）」様にて２０２１年10月８日に連載を開始した『美醜と貞操観念が逆転した異世界でエッチな儀式をする僧侶になりました。俺とセックスしないと発情し続ける呪いが発生するみたいなので、ハーレムパーティの支援役として頑張って儀式《セックス》します』を、改稿・改題し、書籍化したものとなります。

集英社ダッシュエックス文庫様では、妹尾の４シリーズ目となります。同レーベル新人賞受賞作である『終末の魔女ですけどお兄ちゃんに二回も恋をするのはおかしいですか？』および２シリーズ目『遊び人は賢者に転職できるって知ってました？』、３シリーズ目『黒猫の剣士』をお読みになった方はお久しぶりです。今回もお楽しみ頂けたなら幸いです。

今作は、異世界転生したと思ったら、そこは美醜の価値観と男女の貞操観念が逆転した世界だった――というお話です。前出の受賞作『終末の魔女』以来、いえ、それよりもエロに特化した作品となりました。商業作品でここまでハートマークを使ったのは初めてです。初出は

R18向けの小説投稿サイト（ノクターンノベルズ）ですが、受賞作『終末の魔女』の帯に「DX《ダッシュエックス》文庫史上最大のエロス」と記された名誉に恥じぬ作品にしようと決意して執筆に臨《のぞ》みました。そのDX文庫様にて書籍化して頂く機会に恵まれ、望外の幸せです。

イラストは、かの、ちるまくろ先生にお願い致しました。ロリ爆乳を愛する者として、先生の作品は以前から愛好しており、また今回は『身長一三〇センチ、バスト一六〇センチ』という妹尾史上最大のロリ爆乳娘を登場させることから、ぜひとも先生にと熱望しました。そのロジーナはもちろん、エロエルフのルルゥ、ボクっ娘《コ》ドMのアーシアと、たいへん魅力的かつ実用的なデザイン・イラストを頂き、妹尾はまた一つ大人《へんたい》の階段を上った気が致します。ちるまくろ先生、お忙しいなか快く引き受けてくださり、誠に、マコトに、ありがとうございました！

毎度のことですが、連載時に発見した反省点は、書籍版でなるべく改善するよう努力しました。すでにWEB版をお読みの方は、書籍版との差異もお楽しみ頂ければばと思います。今回は特に、リビドーの赴《おもむ》くまま執筆したせいか、言葉の選択が雑になっていた部分が多々あり、著者校での直しが比較的多かったように思えました。校正さん、お世話になりました。

また、本作はコミカライズ企画も進行中です。はたして漫画になるとどうなってしまうのか……今から楽しみでなりません。

最後に謝辞を。この本を手に取ってくれた皆様、いつもお世話になっている編集の松橋《まつはし》さん、イラストのちるまくろ先生、コミカライズ担当の漫画家さん、校正さん、営業さん、出版に関わってくださった全ての方々、「ノクターン」の読者様、本当にありがとうございます。

また近いうちにお会いできることを祈っております。それまで皆様、どうぞお元気で。

こ の 作 品 の 感 想 を お 寄 せ く だ さ い 。

あて先　〒101-8050　東京都千代田区一ツ橋2-5-10
集英社　ダッシュエックス文庫編集部　気付
妹尾尻尾先生　ちるまくろ先生

ダッシュエックス文庫

美醜逆転世界のクレリック
～美醜と貞操観念が逆転した異世界で僧侶になりました。

淫欲の呪いを解くためにハーレムパーティで『儀式』します～

妹尾尻尾

2022年8月30日　第1刷発行

★定価はカバーに表示してあります

発行者　瓶子吉久
発行所　株式会社　集英社
〒101－8050　東京都千代田区一ツ橋2－5－10
03（3230）6229（編集）
03（3230）6393（販売／書店専用）　03（3230）6080（読者係）
印刷所　大日本印刷株式会社

造本には十分注意しておりますが、印刷・製本など製造上の不備がありましたら、お手数ですが小社「読者係」までご連絡ください。古書店、フリマアプリ、オークションサイト等で入手されたものは対応いたしかねますのでご了承ください。

なお、本書の一部あるいは全部を無断で複写・複製することは、法律で認められた場合を除き、著作権の侵害となります。

また、業者など、読者本人以外による本書のデジタル化は、いかなる場合でも一切認められませんのでご注意ください。

ISBN978-4-08-631481-7 C0193
©SHIPPO SENOO 2022　Printed in Japan

黒猫の剣士
~ブラックなパーティを辞めたら
S級冒険者にスカウトされました。
今さら「戻ってきて」と言われても
「もう遅い」です~
原作 妹尾尻尾
漫画 そら蒼
キャラクター原案 石田あきら

コミカライズ大好評連載中！
漫画でもナインが超速無双！
日曜日更新
ニコニコ漫画
水曜日はまったり
ダッシュエックスコミック

転職できるって知ってました？
～勇者パーティを追放されたLv99道化師、【大賢者】になる～

コミックス第1～6巻

大好評発売中‼

原作／妹尾尻尾　漫画／柚木ゆの　キャラクター原案／TRY　ヤングジャンプコミックス

原作小説1～3巻も大好評発売中‼

著／妹尾尻尾
イラスト／TRY、柚木ゆの

ダッシュエックス文庫

大好評連載中‼‼

遊び人は賢者に
主役は遊び人《オレ》!!!
遊び人は賢者に転職できるって知ってました？
～勇者パーティを追放されたLv99道化師、【大賢者】になる～
1
原作＝妹尾尻尾
漫画＝柚木ゆの
キャラクター原案＝TRY
ニコニコ漫画×水曜日はまったりダッシュエックスコミックで

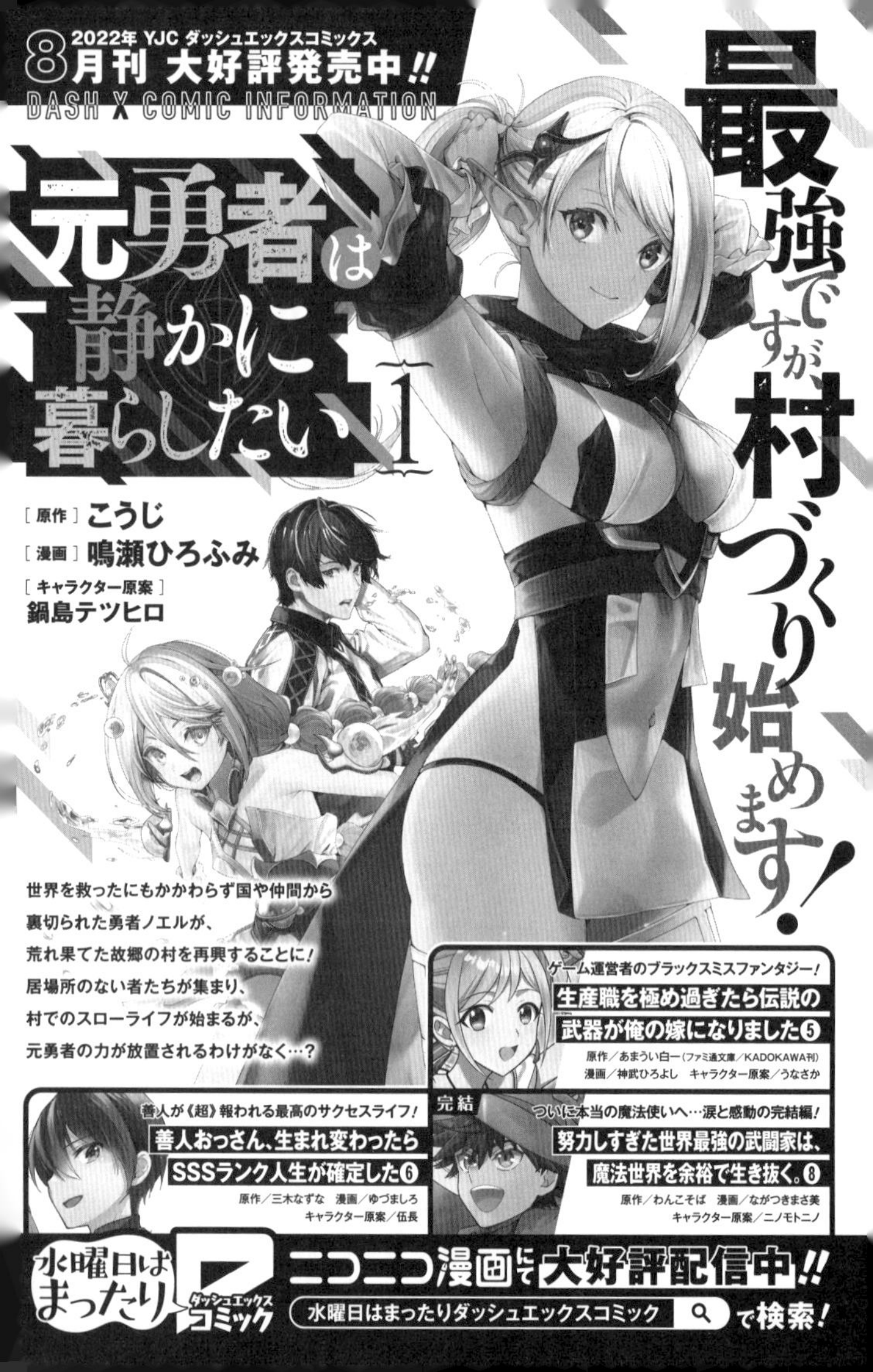

8月刊 2022年 YJC ダッシュエックスコミックス
大好評発売中!!
DASH X COMIC INFORMATION
元勇者は静かに暮らしたい 1
[原作] こうじ
[漫画] 鳴瀬ひろふみ
[キャラクター原案] 鍋島テツヒロ
最強ですが、村づくり始めます!
世界を救ったにもかかわらず国や仲間から
裏切られた勇者ノエルが、
荒れ果てた故郷の村を再興することに!
居場所のない者たちが集まり、
村でのスローライフが始まるが、
元勇者の力が放置されるわけがなく…?
ゲーム運営者のブラックスミスファンタジー!
生産職を極め過ぎたら伝説の武器が俺の嫁になりました 5
原作／あまうい白一（ファミ通文庫／KADOKAWA刊）
漫画／神武ひろよし キャラクター原案／うなさか
善人が《超》報われる最高のサクセスライフ!
善人おっさん、生まれ変わったらSSSランク人生が確定した 6
原作／三木なずな 漫画／ゆづましろ
キャラクター原案／伍長
完結
ついに本当の魔法使いへ…涙と感動の完結編!
努力しすぎた世界最強の武闘家は、魔法世界を余裕で生き抜く。8
原作／わんこそば 漫画／ながつきまさ美
キャラクター原案／ニノモトニノ
水曜日はまったり
ダッシュエックスコミック
ニコニコ漫画にて大好評配信中!!
水曜日はまったりダッシュエックスコミック で検索!